John Strelecky

# Das Café am Rande der Welt

JOHN STRELECKY

# *Das Café am Rande der Welt*

Eine Erzählung über den Sinn des Lebens

Mit Illustrationen von
Root Leeb

Aus dem Englischen von
Bettina Lemke

dtv

MIX
Papier | Fördert gute Waldnutzung
FSC® C014889

7. Auflage 2025
Neuausgabe 2018
dtv Verlagsgesellschaft mbH & Co. KG, München

Titel der amerikanischen Originalausgabe:
The Why Are You Here Cafe
Deutschsprachige Ausgabe:

Umschlag: dtv unter Verwendung eines Bildes von Root Leeb
Satz: Greiner & Reichel, Köln
Gesetzt aus der Fairfield Light
Druck und Bindung: Friedrich Pustet, Regensburg
Printed in Germany · ISBN 978-3-423-28984-9

Für Casey, Mike und Anne

*Um ganz wir selbst zu sein, müssen wir unser wahres Selbst zulassen. So einfach ist das. Es liegt nur an uns, wenn es schwer erscheint.*

John Strelecky

**Vorwort** Manchmal, wenn man es am wenigsten erwartet, aber vielleicht am meisten braucht, findet man sich an einem unbekannten Ort wieder, mit Menschen, die man gleichfalls nicht kennt, und erfährt neue Dinge. Ich erlebte so etwas eines Nachts auf einer dunklen, einsamen Straße. Rückblickend würde ich sagen, dass die Situation in jenem Moment ein Symbol für mein damaliges Leben war. So orientierungslos ich auf der Straße war, so sehr hatte ich die Orientierung auch in meinem Leben verloren. Ich wusste nicht genau, wohin ich unterwegs war oder warum ich mich in eine bestimmte Richtung bewegte.

Ich hatte mir eine Woche Urlaub genommen, um Abstand von meiner Arbeit und allem Drumherum zu bekommen. Nicht dass mein Job schrecklich gewesen wäre, wenngleich mich manches natürlich frustrierte. Am schlimmsten aber war, dass ich mich an den meisten Tagen fragte, ob es nicht mehr im Leben geben sollte, als zehn bis zwölf Stunden täglich im Büro zu verbringen und auf eine Beförderung hinzuarbeiten, die dann wahrscheinlich Zwölf- bis Vierzehn-Stunden-Tage nach sich ziehen würde.

Auf dem Gymnasium hatte ich mich auf die Universität vorbereitet. An der Universität bereitete ich mich auf die Arbeitswelt vor. Und seitdem verbrachte ich meine Zeit damit, mich in meiner Firma hochzuarbeiten. Wiederholten all die Menschen, die mich auf diesem Weg geleitet hatten, lediglich das, was einst andere ihnen vorgelebt hatten?

Es waren eigentlich keine schlechten Ratschläge, aber sie waren auch nicht besonders erfüllend. Ich hatte das Gefühl, mein Leben mehr und mehr gegen Geld einzutauschen, wobei mir das kein besonders guter Handel zu sein schien. Kurz, es war ein recht verwirrter Zustand, in dem ich mich befand, als ich auf das »Café der Fragen« stieß.

Wenn ich anderen diese Geschichte erzähle, fallen sofort Begriffe wie »mystisch« und »fantastisch« oder die Leute denken an die Fernsehserie ›Twilight Zone‹. In dieser Serie kamen Menschen an scheinbar ganz normale Orte, die sich im weiteren Verlauf häufig ganz anders entpuppten. Manchmal ertappe ich mich dabei, dass ich mich einen Augenblick lang frage, ob mein Erlebnis überhaupt real war. In solchen Momenten gehe ich zu Hause an meine Schreibtischschublade und lese, was auf der Speisekarte steht, die Casey mir gegeben hat. Sie zeigt mir, dass alles wirklich passiert ist.

Ich habe nie versucht, denselben Weg zu nehmen und das Café wiederzufinden. Ganz abgesehen davon, wie real der Abend nun war: Etwas in mir möchte gerne glauben, dass das Café gar nicht mehr da wäre. Dass ich es in diesem Moment, in dieser Nacht nur deshalb gefunden habe, weil das so sein musste und es einzig und allein aus diesem Grund existierte.

Vielleicht werde ich eines Tages versuchen zurückzugehen. Oder ich stehe eines Nachts unversehens wieder davor. Dann kann ich hineingehen und Casey, Mike und Anne – sollte sie auch da sein – erzählen, wie diese Nacht im Café mein Leben verändert hat. Dass die Fragen, mit denen sie mich konfrontierten, zu Gedanken und Erkenntnissen führten, die weit über das hinausgingen, was ich bis dahin überlegt hatte.

Wer weiß, vielleicht verbringe ich dann den ganzen Abend damit, mich mit jemandem zu unterhalten, der ebenfalls die Orientierung verloren hat und sich im »Café der Fragen« wiederfindet. Vielleicht schreibe ich aber auch ein Buch über mein Erlebnis, erzähle, worum es bei diesem Café am Rande der Welt eigentlich geht, und leiste auf diese Weise meinen Beitrag.

**1** Ich kroch mit einem Tempo auf dem Highway entlang, das Schrittgeschwindigkeit vergleichsweise Formel-1-verdächtig wirken ließ. Nachdem ich mich eine Stunde lang zentimeterweise vorwärts bewegt hatte, kam der Verkehr vollständig zum Erliegen. Ich drückte den Suchknopf am Radio, um auf irgendein Zeichen intelligenten Lebens zu stoßen. Doch da war nichts.

Nach 20 Minuten Stillstand begannen die Menschen aus ihren Autos auszusteigen. Das brachte zwar nicht wirklich etwas, aber nun konnten sich alle bei jemandem außerhalb ihres eigenen Autos beklagen, was zumindest eine nette Abwechslung war.

Der Besitzer eines Minibusses vor mir wiederholte ständig, dass seine Reservierung hinfällig würde, sollte er nicht bis sechs Uhr in seinem Hotel einchecken. Die Frau im Cabrio neben mir beklagte sich am Handy über die Ineffizienz des gesamten Straßensystems. Hinter mir trieb eine Wagenladung jugendlicher Baseball-Spieler ihre Betreuerin an die Grenzen des Wahnsinns. Ich konnte diese Frau beinahe denken hören, dass sie sich zum letzten Mal freiwillig zu irgendetwas bereit erklärt hatte. Ich selbst war also nur ein kleines Glied in einer langen Kette der Unzufriedenheit.

Nach weiteren 25 Minuten, in denen nichts vorwärts gegangen war, kam schließlich ein Polizeiauto auf dem grasbewachsenen Mittelstreifen entlanggefahren. Alle paar Hundert Meter blieb das Auto stehen, vermutlich, um den Menschen mitzuteilen, was los war.

»Ich hoffe für den Fahrer«, dachte ich bei mir, »dass er für einen Aufstand gerüstet ist.«

Äußerst gespannt warteten wir alle darauf, an die Reihe zu kommen. Als das Auto schließlich bei uns anlangte, erzählte uns eine Polizistin, dass ein Tanklastwagen mit potenziell toxischer Ladung ein paar Meilen vor uns umgekippt und die Straße komplett gesperrt war. So hätten wir nun die Möglichkeit, umzudrehen und eine andere Strecke zu nehmen – obwohl es eigentlich keine echte Alternative gab – oder aber zu warten, bis die Aufräumarbeiten beendet wären. Das würde wahrscheinlich eine weitere Stunde dauern.

Ich beobachtete, wie die Polizistin zur nächsten Gruppe untröstlicher Fahrer ging. Als der Mann aus dem Minibus erneut damit anfing, dass er sich Sorgen um seine Sechs-Uhr-Reservierung mache, war ich mit meiner Geduld am Ende.

»So was passiert immer dann, wenn ich versuche, eine Weile von allem wegzukommen«, murmelte ich vor mich hin.

Ich erklärte meinen neuen Freunden – die im Kindersinne Freunde waren, weil sie sich zufällig in meiner Nähe befanden –, dass meine Frustrationsgrenze erreicht war und ich nun einen anderen Weg suchen würde. Nach einer letzten Bemerkung über seine Sechs-Uhr-Reservierung machte der Minibusbesitzer den Weg für mich frei, ich fuhr über den Mittelstreifen und schlug die entgegengesetzte Richtung ein.

Vor meiner Abreise hatte ich mir aus dem Internet die Wegbeschreibung ausgedruckt. Dabei war ich mir besonders schlau vorgekommen. »Ich brauche keine Karte«, dachte ich. »Ich muss lediglich diesen einfachen, verständlichen Angaben folgen.« Nun sehnte ich mich nach dem Straßenatlas, der mich früher bei all meinen Fahrten begleitet hatte.

Ich fuhr also in Richtung Süden los, wobei ich eigentlich nach Norden musste, und meine Frustration wuchs. Aus fünf Meilen ohne Ausfahrt wurden erst 10, dann 20, dann 25 Meilen.

»Bis ich zu einer Ausfahrt komme, werde ich endgültig keine Ahnung mehr haben, wie ich an mein Ziel kommen soll«, sagte ich laut zu mir selbst – ein Zeichen für meine zunehmend desolate Stimmung.

Nach 28 Meilen tauchte schließlich eine Ausfahrt auf.

»Das darf nicht wahr sein«, dachte ich, als ich abbog. »Dies ist wahrscheinlich die einzige Highwayausfahrt auf der ganzen Welt, an der es keine Tankstelle, kein Fast-Food-Restaurant oder irgendetwas anderes gibt.« Ich sah nach links. Da war nichts. Der Blick nach rechts bot die gleiche Leere.

»O.k.«, sagte ich, »es sieht so aus, als sei es egal, in welche Richtung ich fahre.«

Ich bog rechts ab und machte mir einen geistigen Vermerk, dass ich nun nach Westen fuhr und bei der nächsten größeren Kreuzung wieder rechts abbiegen musste. Auf diese Weise würde ich zumindest wieder in Richtung Norden fahren. Die Straße hatte zwei Spuren. Die eine brachte mich weiter von dort weg, woher ich gekommen war, die andere brachte mich zurück. Ich war mir wirklich nicht sicher, auf welcher Spur ich sein sollte. Es gab nur sehr wenig Verkehr. Andere Zeichen der Zivilisation waren noch spärlicher gesät. Gelegentlich sah ich ein Haus, ein paar Farmen und sonst nichts als Wälder und Grasflächen.

Eine Stunde später hatte ich mich heillos verfahren. Die einzigen Kreuzungen, die ich überquert hatte, waren klein und mit der Sorte Straßenschilder markiert, die einem sofort klarmachen, dass man ein Problem hat. Wenn man 40 Meilen lang keinen anderen Menschen gesehen hat und die Straße, auf der man sich befindet, mit dem Wort »Alte« beginnt, wie bei »Alte Landstraße«, dann sieht es gar nicht gut aus.

Bei der nächsten Kreuzung, die keinesfalls größer war als alle anderen, die ich überquert hatte, bog ich rechts ab. Es war ein Akt der Verzweiflung. Zumindest würde ich in die richtige Himmelsrichtung fahren, auch wenn ich keine Ahnung hatte, wo ich mich befand. Zu meiner Bestürzung begann der Name dieser Straße ebenfalls mit »Alte«.

Es ging auf acht Uhr zu, und die Sonne senkte sich tiefer über dem Horizont. Während der Tag zur Neige ging, wurde ich immer frustrierter.

»Ich hätte einfach auf dem Highway bleiben sollen«, dachte ich verärgert. »Ich habe mich darüber aufgeregt, eine Stunde zu verlieren, aber nun habe ich zwei vergeudet und weiß immer noch nicht, wo zum Teufel ich bin.«

Ich schlug mit der Faust gegen das Autodach, als ob das Auto etwas dafürkönnte oder als würde das irgendetwas bringen.

10, 15, 20 weitere Meilen – immer noch nichts. Mittlerweile war der Tank weniger als halb voll. Soweit ich es beurteilen konnte, war es keine Option mehr zurückzufahren. Mit dem restlichen Benzin konnte ich nicht mehr zu meinem Ausgangspunkt zurückkehren – gesetzt, ich würde diesen Ort überhaupt finden. Und selbst wenn es mir gelänge: Auf der gesamten Strecke gab es keine Tankstelle.

Also blieb mir nur, mich weiterhin durchzukämpfen und darauf zu hoffen, schließlich an einen Ort zu kommen, wo ich tanken und etwas essen konnte. Mein Frustrationsniveau bewegte sich weiterhin in die entgegengesetzte Richtung der Tankanzeige.

Ich hatte diese Reise unternommen, um Frustrationen zu vermeiden. Davon gab's zu Hause reichlich, im Job, mit Rechnungen und in gewissem Maße mit dem Leben im Allgemeinen. Hier brauchte ich das nicht auch noch. Eigentlich sollte dies eine Gelegenheit sein, mich zu entspannen und »meine Batterien wieder aufzuladen«.

»Was für eine eigenartige Redewendung«, dachte ich. »›Die Batterien wieder aufladen‹. Auspowern, wieder aufladen, auspowern, wieder aufladen … wie soll das je in eine positive Richtung führen?«

Die Sonne war nun vollkommen hinter den Bäumen verschwunden, und die Dämmerung hüllte die Landschaft immer mehr ein. Rosa und orange gefärbte Wolken reflektierten das letzte Tageslicht, wenngleich ich den Himmel kaum wahrnahm, da ich mich zum einen auf die Straße, zum anderen auf meine sich verschlechternde Situation konzentrierte. Es gab immer noch keine Spur von irgendwelchen Menschen.

Ich blickte wieder zur Tankanzeige. »Weniger als ein Viertel voll, und der Pegel sinkt weiter«, murmelte ich laut vor mich hin.

Das letzte Mal hatte ich auf der Fahrt von der Universität nach Hause in meinem Auto geschlafen. Das war Jahre her, und ich hatte eigentlich nicht vor, es zu wiederholen. Unglücklicherweise sah es so aus, als würde dies immer wahrscheinlicher.

»Ich werde meinen Schlaf brauchen«, dachte ich, »damit ich genug Kraft habe, um Hilfe zu holen, wenn das Benzin ausgeht.«

**2** Gerade als die Tankanzeige unter die rote Linie mit dem R rutschte, sah ich das Licht. Von meiner dummen Lage genervt, war ich vor ein paar Meilen an einer Kreuzung links abgebogen. Es gab zwar kein Anzeichen dafür, dass sich die Chancen, jemanden zu finden, dadurch verbesserten, aber ich tat es trotzdem. In dem Moment rechtfertigte ich es damit, dass es zumindest keine Straße war, die mit dem Wort »Alte« anfing.

»Ein Akt der Verzweiflung, der sich offensichtlich bezahlt machen könnte«, sagte ich laut.

Als ich mich dem Licht näherte, erkannte ich, dass es eine Straßenlampe war. Eine einzelne weiße Straßenlampe, die hell an einem Ort leuchtete, der sich absolut am Ende der Welt befand.

»Bitte, lass dort etwas sein«, murmelte ich auf eine mantraähnliche Weise vor mich hin, als ich die letzte Viertelmeile darauf zufuhr. Und tatsächlich, da war etwas.

Bei der Straßenlampe bog ich auf einen Kiesparkplatz ab. Zu meiner Verwunderung lag vor mir ein kleines weißes, rechteckiges Gebäude namens *Das Café der Fragen*, wie hellblaue Neonröhren auf dem Dach verkündeten. Ebenso überraschten mich die drei anderen Autos auf dem Parkplatz.

»Wo immer sie auch hergekommen sein mögen, es kann nicht die gleiche Richtung gewesen sein, aus der ich gekommen bin«, dachte ich, da ich bei meiner Fahrt seit mindestens einer Stunde niemanden mehr gesehen hatte. »Das könnte ein gutes Zeichen sein. Hoffentlich wissen sie im Gegensatz zu mir, wie man von hier wieder wegkommt.«

Ich kletterte aus dem Auto und streckte meine Arme ein paar Mal in die Höhe, um meine steifen Glieder zu dehnen. Dann ging ich zum Eingang. Der Himmel war schwarz, abgesehen von einem großen zunehmenden Mond und Tausenden von Sternen. Als ich die Tür des Cafés öffnete, kündigten kleine Glöckchen, die innen am Türknauf hingen, meine Ankunft an.

Zu meiner Überraschung schwappte mir eine Woge appetitanregender Düfte entgegen. Bis zu diesem Zeitpunkt hatte ich gar nicht bemerkt, wie hungrig ich war. Ich konnte nicht genau ausmachen, wonach es roch, aber ich nahm mir vor, drei Portionen davon zu bestellen, was auch immer es sein mochte.

Innen wirkte das Café wie ein amerikanisches Restaurant aus den fünfziger Jahren. Verchromte Barhocker mit roten Sitzen waren unter einer langen, schmalen Theke aufgereiht. Unter den vorderen Fenstern gab es eine Reihe von roten Sitznischen. Auf den Tischen standen ein Zuckerstreuer aus Glas, ein kleines silbernes Milchkännchen sowie zueinander passende Salz- und Pfefferstreuer. Auf einem hohen Tisch in der Nähe der Tür befand sich eine alte Kasse, und daneben stand ein Kleiderständer aus Holz.

Es wirkte alles sehr gemütlich, wie ein Ort, an dem man lange Zeit sitzen und sich mit Freunden unterhalten kann. Leider hatte ich keine mitgebracht.

Eine Bedienung unterbrach ihre Unterhaltung mit einem Paar, das weiter hinten in einer Nische saß. Sie lächelte mich an und sagte: »Nehmen Sie Platz, wo immer Sie gerne möchten.«

Ich bemühte mich, meine Frustration, die sich während der letzten Stunden aufgebaut hatte, in den Griff zu bekommen, und versuchte zurückzulächeln. Dann wählte ich einen Platz in der Nähe der Tür. Als ich auf den roten Vinylsitz glitt, bemerkte ich, wie neu er aussah. Ich sah mich um und stellte erstaunt fest, dass alles neu wirkte.

»Der Besitzer muss mit einem enormen Wachstum rechnen«, dachte ich, »wenn er ein Café hier am Rande der Welt eröffnet.«

Ein »Hallo« unterbrach meine Gedanken über billige Grundstückspreise und die voraussichtliche Entwicklung des Immobilienmarktes. Es war die Servierin. »Mein Name ist Casey. Wie geht es Ihnen?«

»Hallo Casey. Ich heiße John und bin etwas vom Weg abgekommen.«

»Ja, das sind Sie, John«, erwiderte sie mit einem schelmischen Lächeln.

Aufgrund der Art und Weise, wie sie dies sagte, war ich mir nicht sicher, ob sie bestätigte, dass ich John hieß oder dass ich vom Weg abgekommen war.

»Warum sind Sie hier, John?«, fragte sie mich.

»Nun, ich war unterwegs, und dann geriet ich in einen Stau. Als ich versuchte, ihn zu umfahren, verlor ich so ziemlich die Orientierung. Dabei wurde das Benzin immer knapper, und ich wäre beinahe verhungert.« Casey setzte wieder ihr schalkhaftes Lächeln auf, als ich mit meinem frustrierten Gejammere fertig war. »Ich mache Ihnen einen Vorschlag«, sagte sie. »Ich bin sicher, dass wir Sie vor dem Hungertod retten können. Und was den Rest angeht, werden wir einfach mal sehen.«

Sie nahm eine Speisekarte vom Halter bei der Eingangstür und reichte sie mir. Ich war mir nicht sicher, ob es an der Beleuchtung lag oder daran, dass mich die lange Fahrt ermüdet hatte, aber ich hätte schwören können, dass die Buchstaben auf der Vorderseite der Karte sich auflösten und wieder erschienen, als Casey sie mir reichte. »Ich muss wirklich müde sein«, dachte ich, als ich die Karte auf dem Tisch ablegte.

Casey zog einen kleinen Bestellblock aus ihrer

Tasche. »Wie wär's, wenn ich Ihnen schon einmal etwas zu trinken bringe, während Sie die Karte studieren?«, fragte sie. Ich bestellte ein Glas Wasser mit Zitrone, und sie verschwand, um es mir zu holen.

Dieser Tag übertraf langsam bei weitem alles, womit ich gerechnet hatte. Erst eine stundenlange Fahrt durch das Nichts, dann ein Café am Rande der Welt und jetzt eine Bedienung mit einem spitzbübischen Lächeln. Ich nahm die Karte vom Tisch und las den Text auf der Vorderseite.

»Willkommen im *Café der Fragen«*, hieß es ganz oben. Darunter stand in kleinen schwarzen Buchstaben: *Bitte lassen Sie sich vor Ihrer Bestellung von unserem Servicepersonal beraten, was Ihre Zeit hier bedeuten könnte.*

»Ich hoffe, es bedeutet, dass ich etwas Gutes zu essen bekomme«, dachte ich, als ich die Karte aufschlug.

Diese enthielt die übliche Auswahl von Speisen: Frühstücksangebote standen oben links, Sandwiches unten links, Vorspeisen und Salate waren oben rechts aufgeführt und Hauptspeisen darunter. Die Überraschung kam, als ich die Karte umdrehte. Dort standen drei Fragen unter der Überschrift *Dinge, über die Sie nachdenken können, während Sie warten.*

WARUM BIST DU HIER?

HAST DU ANGST VOR DEM TOD?

FÜHRST DU EIN ERFÜLLTES LEBEN?

The Why are Café you here

»Das hört sich nicht gerade wie ein Auszug aus dem Sportteil an«, dachte ich. Ich wollte die drei Fragen gerade erneut lesen, als Casey mit meinem Wasser zurückkam.

»Alles klar bei Ihnen?«, fragte sie.

Ich drehte die Karte wieder um und deutete auf den Namen des Cafés und die Fragen. »Was bedeutet das alles?«

»Nun, das scheint jeder auf seine eigene Weise zu interpretieren«, antwortete sie. »Was darf ich Ihnen denn bringen?«

Ich war noch nicht bereit, etwas zu bestellen. Schon eher war ich versucht, mir meine Jacke zu schnappen und zu gehen. Dieser Ort hatte definitiv etwas ganz Eigenes an sich, und ich war keineswegs davon überzeugt, dass es etwas Gutes bedeutete.

»Entschuldigen Sie bitte, Casey, aber ich brauche noch etwas länger.«

»Das ist in Ordnung«, antwortete sie. »Lassen Sie sich Zeit. Ich komme in ein paar Minuten noch einmal wieder, um nach Ihnen zu sehen.«

Ich beobachtete, wie sie zu dem Paar in der Nische auf der anderen Seite des Cafés hinüberging und mit den beiden ein Gespräch anfing. Worüber sie sich auch unterhalten mochten, es musste etwas Angenehmes sein, denn alle drei lächelten und lachten.

»Womöglich ist dies gar kein so übler Ort«, dachte

ich. »Vielleicht sollte ich mir einfach etwas von dem bestellen, was die anderen essen.«

Ich wendete mich wieder der Speisekarte zu. »Ich habe keine andere Wahl«, dachte ich. »Ich habe fast kein Benzin mehr. Innerhalb eines 200-Meilen-Radius scheint es nirgendwo etwas zu essen zu geben, und obwohl mir dieser Ort etwas eigenartig vorkommt, ist bisher eigentlich nichts allzu Ungewöhnliches passiert.« Diese Überlegungen schwächten meine Bedenken etwas ab. Als ich sah, wie Casey in die Küche ging und mit zwei Stücken Erdbeer-Rhabarber-Kuchen zurückkam, lösten sich meine Bedenken völlig auf.

Abgesehen von den seltsamen Fragen hörten sich die Speisen auf der Karte gut an. Ich entschied mich für das große Frühstück, obwohl die üblichen Frühstückszeiten längst vorbei waren. Casey unterhielt sich immer noch mit dem Paar, und da ich bereits gewählt hatte, sah ich mir die Rückseite der Karte noch mal an.

WARUM BIST DU HIER?

Es schien mir seltsam, Gästen diese Frage zu stellen. Sollte der Besitzer nicht wissen, warum jemand sein Restaurant besuchte? Und umgekehrt: Sollten Menschen, die im Restaurant aßen, nicht eigentlich wissen, warum sie dort waren? Ich war mir nicht sicher, ob ich diese Frage verstand.

WARUM BIST DU HIER?

Casey kam zurück und riss mich aus meinen Gedanken.

»Sind Sie bereit?«, fragte sie.

Ich wollte gerade mit Ja antworten, aber dann erinnerte ich mich an den Hinweis auf der Speisekarte, dass man sich vor der Bestellung vom Servicepersonal beraten lassen sollte.

»Ich denke ja«, sagte ich und deutete dann auf die Botschaft. »Worüber genau soll ich mich von Ihnen beraten lassen?«

»Ach das«, antwortete sie und lächelte erneut.

Ich begann Gefallen daran zu finden, wenn sie lächelte.

»Im Laufe der Jahre haben wir bemerkt, dass die Menschen sich nach einer gewissen Zeit hier offenbar verändert fühlen«, sagte sie. »Daher versuchen wir nun, ihnen den Zugang zu dieser Erfahrung zu erleichtern. Wir stimmen sie darauf ein, was sie möglicherweise erwartet, falls sie noch nicht ganz bereit für diese Erfahrung sind.«

An diesem Punkt war ich mir nicht mehr sicher, ob wir über das Essen, eine Bewertung der Kundenerfahrungen oder etwas anderes redeten.

»Wenn Sie möchten«, sagte sie, »kann ich Ihre Bestellung an den Koch weiterleiten und seine Meinung darüber einholen, was das Beste sein könnte?«

»Gerne«, antwortete ich und war genauso verwirrt wie vor wenigen Augenblicken. »Ich denke, ich nehme das große Frühstück. Ich weiß, dass die Frühstückszeit vorbei ist, aber kann ich das trotzdem noch bestellen?«

»Ist es das, was Sie wollen?«, fragte sie.

»Ja, das ist es.«

»Dann bin ich sicher, dass es kein Problem ist. Schließlich sind wir näher am Frühstück von morgen als am Mittagessen von heute.«

Ich sah auf meine Uhr. Es war halb elf. »Das ist eine interessante Betrachtungsweise«, meinte ich.

»Manchmal ist es hilfreich, die Dinge aus einem anderen Blickwinkel wahrzunehmen«, erwiderte Casey.

Sie notierte meinen Wunsch und drehte sich um. Ich sah ihr nach, als sie zur Durchreiche ging, um die Bestellung aufzugeben, und bemerkte dann, dass sie die Karte auf dem Tisch liegen gelassen hatte.

**3** Als Casey sich der Durchreiche näherte, sah ich zum ersten Mal, dass sich im Raum dahinter ein Mann befand. Er hielt einen hölzernen Kochlöffel in der Hand und war offensichtlich der Küchenchef. Als Casey etwas zu ihm sagte, sah er zu mir hin und winkte mir freundlich zu.

Ich winkte zurück, kam mir aber etwas lächerlich dabei vor. Normalerweise winke ich Köchen in Cafés nicht zu. Casey und der Mann unterhielten sich ein paar Minuten, dann legte sie den Bestellzettel auf eine kleine runde Drehscheibe und kam wieder auf meinen Tisch zu. Der Mann drehte die Bestellung zu sich hin, sah sie einen Moment lang an und nahm sie dann mit in die Küche.

Ich widmete mich wieder der Rückseite der Speisekarte. Als ich die erste Frage – »Warum bist du hier?« – noch einmal las, nahm Casey mir gegenüber Platz.

»Das ist Mike«, sagte sie. »Ihm gehört dieses Café und er bereitet alle Gerichte zu. Er hat gesagt, dass er herauskommen wird, um Sie kennen zu lernen, sobald er die Gelegenheit dazu hat. Ich habe ihn gefragt, was er von Ihrer Bestellung hält. Er meinte, es sei eine ganze Menge, aber er denkt, dass Sie es bewältigen können.«

»Das ist aber ein besonderer Service.«

»Das denken wir auch«, antwortete sie. »Um darauf zurückzukommen«, sagte sie und deutete auf die Stelle der Karte, wo es darum ging, sich vom Servicepersonal beraten zu lassen, »das bezieht sich auf die Frage auf der Rückseite, die Sie immer wieder lesen.«

Ich fragte mich, wie sie Letzteres wissen konnte, aber ich antwortete nicht.

»Wissen Sie«, fuhr sie fort, »es ist eine Sache, diese Frage zu lesen, und eine ganz andere, sie zu verändern.«

»Ich bin nicht sicher, dass ich das verstehe.«

»Es klingt einfach, so als wäre es ohne Bedeutung«, meinte sie, »aber wenn Sie nur ein paar Buchstaben dieser Frage verändern, verändern sich die Dinge.«

»Die Dinge verändern sich? Welche Dinge? Bedeutet es etwa, dass ich hier nicht essen kann oder etwas anderes bestellen muss?«

»Nein«, sagte sie und wurde plötzlich ernster, »es geht um grundlegendere Veränderungen.«

Ich konnte ihr definitiv nicht folgen, aber sie meinte es offensichtlich ganz ernst. »Was wollen Sie damit sagen?«

Casey deutete erneut auf die Karte.

»Wenn Sie die Frage so verändern, dass Sie diese nicht mehr an jemand anderen richten, sondern an sich selbst, werden Sie nicht mehr der Gleiche sein.«

Ich war perplex. Nicht mehr der Gleiche sein? Was bedeutete das? Was war dies für ein Ort? Ich hatte plötzlich das Gefühl, am Rande einer hohen Klippe zu stehen, und ich war nicht sicher, ob Casey mir erklärte, dass ein Schritt in eine bestimmte Richtung den unmittelbaren Tod oder aber ewiges Glück bedeutete.

»Es ist so ähnlich«, sagte sie freundlich, »aber nicht so bedrohlich.«

Bevor ich fragen konnte, woher sie wusste, was ich dachte, fuhr sie fort: »Lassen Sie es mich Ihnen erklären, ohne dass Sie den ersten Schritt machen. Lesen Sie die erste Frage auf der Karte, aber betrachten Sie sie losgelöst, etwa so wie Sie die Überschriften einer Zeitung lesen würden.«

Ich blickte auf die Karte. Zu meiner Überraschung lautete die Frage nicht länger

WARUM BIST DU HIER?

sondern

WARUM BIN ICH HIER?

Sobald ich das gelesen hatte, veränderten sich die Worte wieder zu »Warum bist du hier?«

»Was ist passiert?«, rief ich aus. »Hat sich die Karte gerade verändert? Wie haben Sie das gemacht?«

»Ich bin nicht sicher, ob Sie bereit für die Antwort sind, John.«

»Wie meinen Sie das? Wie haben Sie das denn angestellt, wie haben Sie die Karte verändern können?« Mittlerweile war ich angesichts dessen, was vor sich ging, völlig verwirrt und keineswegs sicher, dass ich bleiben und es herausfinden wollte. Doch Casey beanspruchte meine Aufmerksamkeit bereits mit einer neuen Frage.

»Haben Sie gesehen, wie sich der Wortlaut verändert hat, John?«

»Aber sicher! Als ich den Text zum ersten Mal las, stand dort eine bestimmte Frage, dann veränderte sie sich und jetzt steht da wieder die ursprüngliche Frage. Warum ist das so? Und wie konnte das geschehen?«

Casey drehte die Karte um, so dass man die Vorderseite sehen konnte, und deutete auf den Hinweis »Vor-der-Bestellung …«. »Es ist so, John«, begann sie, »die Frage, die Sie gelesen haben und die sich verändert hat …«

»In diejenige, die lautete ›Warum bin ich hier?‹«, unterbrach ich sie.

»Ja, genau die! Es ist eine Frage, die man sehr ernst nehmen sollte. Sie zu lesen ist eine Sache. Aber wenn Sie über das Lesen hinausgehen, wenn Sie sie wirklich wahrnehmen und sich diese Frage selbst stellen, dann verändert sich Ihre Welt. Ich weiß, dass das dramatisch klingt, daher haben wir den Hinweis auf die Beratung auch auf die Vorderseite der Speisekarte geschrieben.«

Die ganze Situation kam mir auf einmal überaus lächerlich vor. Ich war mitten in der Nacht in einem Café am Ende der Welt und erfuhr etwas über Botschaften auf der Vorderseite von Speisekarten, die den Gästen helfen sollten, mit ihrer sich verändernden Welt klarzukommen.

»Sie sollten Folgendes wissen«, fuhr Casey fort. »Sobald Sie sich die Frage stellen, wird die Suche nach einer Antwort zu einem Teil Ihres Daseins werden. Sie werden morgens mit dieser Frage aufwachen, und sie wird Ihnen während des Tages immer wieder durch den Kopf gehen. Und obwohl Sie sich vielleicht nicht daran erinnern können, werden Sie auch im Schlaf darüber nachdenken. Die Frage ist wie ein Tor. Wer es einmal aufstößt, wird immer wieder davon angezogen. Und wenn es einmal offen ist, lässt es sich nur schwer wieder schließen.«

Ich begann zu ahnen, dass die »Warum-bist-du-hier-Frage« auf der Karte eine viel tiefere Bedeutung hatte, als mir beim ersten Lesen klar geworden war. So wie Casey darüber sprach, bezweifelte ich, dass es lediglich um die Frage ging, warum jemand im Café war.

»Das ist richtig«, sagte Casey und unterbrach damit meine Gedanken. »Es geht nicht um das Café.

Es geht um die Frage, warum jemand überhaupt existiert.«

Ich fühlte mich benommen und drückte mich fester gegen die Rückenlehne meines Sitzes. »Was ist das hier bloß für ein Ort?«, fragte ich mich.

Ich sah Casey an. »Das klingt alles sehr beunruhigend«, sagte ich und versuchte meine Gedanken zu ordnen. »Wenn es stimmt, was Sie gerade über das Tor und das ständige Kreisen der Gedanken im Kopf gesagt haben, dann weiß ich nicht, warum sich irgendjemand diese Frage je stellen sollte. Ich habe sie mir nie gestellt und mir geht es gut.«

Casey legte die Karte auf den Tisch. »Tatsächlich?«, fragte sie, »geht es Ihnen wirklich *gut*?« Sie sprach das Wort »gut« mit einem freundlich neckenden Unterton aus, als wolle sie mich dazu herausfordern, es zu definieren. »Vielen Menschen geht es *gut*. Aber manche streben nach etwas Erfüllenderem, etwas Größerem.«

»Und deshalb kommen sie ins ›Café der Fragen‹?«, fragte ich sarkastisch.

»Bei manchen von ihnen ist es so«, erwiderte sie mit sanfter, ruhiger Stimme. »Ist das der Grund, warum Sie hier sind?«

Ich war verdutzt. Ich wusste nicht, wie ich ihre Frage beantworten sollte. Ich wusste nicht, was ich eigentlich hier zu suchen hatte. Ich war mir nicht einmal sicher, an was für einem Ort ich hier gelandet war.

Wenn ich mir selbst gegenüber ganz ehrlich sein wollte, musste ich zugeben, dass ich mich schon jahrelang fragte, ob es im Leben nicht noch etwas anderes gab als das, was ich kannte. Dabei hatte ich kein schlechtes Leben. Sicherlich war manches frustrierend, vor allem in letzter Zeit. Aber mein Job war okay, und ich hatte gute Freunde. Das Leben *war* in Ordnung, es war sogar gut. Trotzdem hatte ich irgendwie dieses gewisse Gefühl, das ich nicht genau erklären konnte.

»Aus genau diesem Gefühl heraus stellen sich Menschen die Frage, die Sie gesehen haben«, sagte Casey.

Ihre Worte trafen mich. Nicht nur die Tatsache, dass sie offensichtlich wieder meine Gedanken gelesen hatte, erschreckte mich, obgleich das allein schon sehr beunruhigend war. Ich war schockiert von der Erkenntnis, dass sie womöglich Recht hatte. Ich entschloss mich, meine Bedenken ein paar Minuten beiseitezuschieben und zu versuchen, besser zu verstehen, worüber Casey sprach.

»Casey, können Sie mir mehr zu dieser Frage sagen?«

»Nun, es ist so, wie ich gesagt habe. Wenn man sich die Frage stellt, öffnet sich eine Art Tor. Der Geist des Menschen beziehungsweise seine Seele, oder wie immer Sie es nennen wollen, wird die Antwort ergründen wollen. Die Frage wird im Leben dieses Menschen so lange im Vordergrund stehen, bis er die Antwort gefunden hat.«

»Wollen Sie damit sagen, dass jemand die Frage ›Warum bin ich hier?‹ nicht mehr ignorieren kann, sobald er sie sich einmal gestellt hat?«, fragte ich.

»Nein, es ist nicht so, dass man nicht dazu in der Lage wäre. Manche Menschen werfen einen Blick auf die Frage und vielleicht nehmen sie sie auch wahr, vergessen sie dann aber wieder. Aber für diejenigen, die sich mit der Frage auf einer bestimmten Ebene auseinandersetzen und die Antwort wirklich wissen wollen, wird es sehr schwer, die Frage zu ignorieren.«

»Angenommen, jemand stellt sich die Frage und findet die Antwort darauf«, sagte ich, »was geschieht dann?«

»Nun, das ist die gute Nachricht und gleichzeitig die Herausforderung dabei«, antwortete sie. »Wie erwähnt, erzeugt die Frage den Wunsch, nach der Antwort zu suchen. Sobald jemand die Antwort kennt, entsteht eine ebenso starke Kraft. Sobald ein Mensch weiß, warum er hier ist, warum er existiert, welchen Grund es dafür gibt, dass er am Leben ist, wird er den Wunsch haben, dem Sinn und Zweck seiner Existenz gerecht zu werden. Es ist so, als erkenne man auf einer Karte, wo ein Schatz versteckt ist. Sobald man die Markierung entdeckt hat, fällt es schwer, sie zu ignorieren und nicht nach dem Schatz zu suchen. In unserem Fall bedeutet das Folgendes: Sobald jemand weiß, warum er hier ist, wird es härter und emotional schwieriger für ihn sein, diese persönliche Bestimmung nicht zu verwirklichen.«

Ich lehnte mich zurück und versuchte alles, was Casey mir erklärt hatte, zu verarbeiten. »Das heißt, es könnte die Lage auch verschlechtern«, antwortete ich. »So wie ich es vorhin vermutet habe: Man könnte besser damit fahren, sich die Frage nie zu stellen. Man könnte einfach so weitermachen wie bisher, quasi ohne den Geist aus der Flasche herauszulassen.«

Casey sah mich verständnisvoll an. »Manche Menschen entscheiden sich für diese Möglichkeit. Das muss jeder, der diesen Punkt erreicht, für sich selbst entscheiden.«

Ich wusste nicht, was ich tun, sagen oder gar denken sollte. »Das ist ganz schön viel, womit ich hier konfrontiert werde«, stöhnte ich.

»Ich hoffe, Sie empfinden es nicht als ›Konfrontation‹, sondern eher als Möglichkeit, die Dinge zu ›beleuchten‹«, entgegnete Casey. »Denken Sie an das Gefühl, das Sie vorhin beschrieben haben. Niemand kann es Ihnen aufdrängen, und wenn Sie sich zu irgendeinem Zeitpunkt entschließen, eine andere Richtung einzuschlagen, ist das ganz allein Ihre Entscheidung.«

Damit erhob sie sich. »Apropos, ich werde mal sehen, was Ihr Spezialfrühstück macht.«

Ich hatte meine Bestellung ganz vergessen. Als Casey mich jetzt daran erinnerte, realisierte ich langsam wieder, dass ich immer noch in einem Café saß und einen Bärenhunger hatte.

**4** In meinem Kopf rasten die Gedanken wild durcheinander. Ich betrachtete die Speisekarte und las die erste Frage.

WARUM BIST DU HIER?

Sie hatte für mich nun, im Vergleich zum ersten Lesen, eine ganz andere Bedeutung. Ich versuchte mich an Caseys Worte genau zu erinnern … »Es geht um die Frage, warum jemand überhaupt existiert.«

Aus irgendeinem unerfindlichen Grund drängte mich etwas dazu, mir die Frage zu stellen, die ich während meiner Unterhaltung mit Casey kurz auf der Karte gesehen hatte. Ich erinnerte mich an ihren Wortlaut. Und ich erinnerte mich an Caseys Bemerkungen, welche Auswirkungen es haben konnte, wenn man sich mit der Frage auseinandersetzte.

»Es ist verrückt«, sagte ich zu mir selbst und rieb mir die Augen. »Alles, was ich brauche, ist etwas zu essen, ein paar Liter Benzin und ein Ort, an dem ich einige Stunden lang schlafen kann. Warum denke ich eigentlich über all die anderen Dinge nach?«

Ich trank mein Wasser halb aus, und als ich mein

Glas abstellte, sah ich, dass Mike mit einem Krug an meinem Tisch stand.

»Darf ich Ihnen nachschenken?«, fragte er. »Es sieht so aus, als könnten Sie ein bisschen mehr gebrauchen.«

Ich nahm sein Angebot dankend an, und er füllte mein Glas wieder auf.

»Ich heiße Mike«, stellte er sich vor.

»Nett, Sie kennen zu lernen, Mike, ich heiße John.« Ich erhob mich, und wir gaben uns die Hand.

»Alles in Ordnung, John? Sie kamen mir gerade ziemlich in Gedanken versunken vor.«

»Ja, das stimmt schon«, erwiderte ich und setzte mich wieder. »Casey hat mir erklärt, was der Text auf der Vorderseite der Karte bedeutet. Ich versuche immer noch, schlau daraus zu werden und herauszufinden, ob das eine Bedeutung für mich hat.«

Gleich darauf fiel mir ein, dass Mike möglicherweise gar keine Ahnung davon hatte, worüber Casey und ich gesprochen hatten. Mike war zwar der Inhaber des Cafés, doch es war gut möglich, dass Casey die Fragen und den weiteren Text auf der Karte entworfen hatte. Aber er zögerte keine Sekunde.

»Ja, das ist eine schwierige Frage. Die Menschen begegnen ihr zu den unterschiedlichsten Zeiten in ihrem Leben. Manche klären sie schon als kleine Kinder für sich, einige tun es, wenn sie älter sind, und andere machen es nie. Es ist eigenartig.«

Da Casey und ich uns bereits mit den Fragen auf der Karte befasst hatten und Mike offensichtlich verstand, worüber ich redete, konnte ich das Gespräch ebenso gut mit ihm fortsetzen.

»Casey hat mir erklärt, welche Auswirkungen es haben kann, wenn jemand sich die persönliche Version dieser Frage stellt«, sagte ich und deutete auf die Karte. »Und nun frage ich mich, was die Menschen danach tun?«

Mike blickte auf die Karte. »Meinen Sie, nachdem sie sich die Frage gestellt haben oder nachdem sie die Antwort darauf gefunden haben?«

Ich dachte ein paar Sekunden lang über seine Frage nach. »Beides, denke ich. Wir haben uns noch nicht im Detail darüber unterhalten, wie jemand die Antwort eigentlich herausfindet oder was er tut, sobald er sie kennt. Casey hat mir lediglich ansatzweise erklärt, wie es ist, wenn man die Antwort kennt.«

»Nun, ich glaube nicht, dass es nur eine Möglichkeit gibt, um die Antwort herauszufinden, einen Weg, der für alle Menschen gleich ist. Wir alle begegnen dem Leben auf unsere eigene Weise. Ich kann Ihnen etwas darüber erzählen, was all die Menschen, die ich kenne und die ihre Antwort gefunden haben, offenbar gemeinsam hatten.«

Ich wollte gerade etwas dazu bemerken, da besann ich mich und dachte einen Moment nach. Ich hatte intuitiv das Gefühl, dass es noch schwerer sein konnte, sich die Frage nicht zu stellen, sobald man eine Ahnung davon hatte, wie man möglicherweise eine Antwort darauf fand.

»Das stimmt«, sagte Mike. »Es ist die gleiche Theorie, die Casey Ihnen wahrscheinlich schon erklärt hat.«

Ich war nur leicht überrascht, dass auch er offenbar wusste, was ich meinte, bevor ich es laut aussprach. Allerdings war ich mir nicht sicher, dass ich erfahren wollte, was andere Menschen getan hatten. Schließlich war ich mir noch gar nicht klar, ob ich mir die Frage überhaupt stellen wollte.

»Und wie sieht es mit dem zweiten Punkt aus, Mike? Was machen die Menschen, sobald sie die Antwort auf die Frage kennen?«

Mike lächelte und stand auf. »Ich mache Ihnen folgenden Vorschlag: Ich sehe jetzt mal nach Ihrer Bestellung, und wenn ich zurückkomme, werde ich Ihnen eine Antwort geben.«

Wenige Augenblicke später kehrte er mit einem Tablett voller Teller zurück. »Ist das alles für mich?«, fragte ich und rätselte, welche beiden Absätze ich wohl überlesen hatte, in denen mein Frühstück beschrieben wurde.

»Aber sicher. Einmal großes Frühstück mit Omelett, Toast, Schinken, Speck, frischem Obst, Bratkartoffeln mit Zwiebeln, Keksen und einer Portion Pfannkuchen.«

Ich sah mich suchend nach drei weiteren Personen um, die vielleicht daran interessiert waren, das Essen mit mir zu teilen.

»Außerdem haben wir Gelee für den Toast, Sirup für die Pfannkuchen, Honig für die Kekse und unsere besondere Tomatensauce für das Omelett. Gut, dass Sie hungrig sind.«

»Ich weiß nicht, ob irgendjemand so viel Hunger haben kann«, sagte ich.

»Sie würden sich wundern, John. Manchmal weiß man gar nicht, wie bereit man für etwas ist, das einen ausfüllt.«

Mike stellte das Essen auf den Tisch und meinte: »Ich werde mich nun eine Weile mit den anderen Gästen unterhalten, aber ich komme wieder, und dann können wir unser Gespräch fortsetzen, wenn Sie einverstanden sind.«

»Klar«, antwortete ich und betrachtete all die Teller vor mir, »kein Problem.«

**5** Ich begann, meine Mahlzeit in Angriff zu nehmen. Als ich beim Omelett, dem Toast und Obst bereits sichtbar vorangekommen war, schaute Casey vorbei.

»Wie geht es Ihnen, John?«

Ich hielt meinen Zeigefinger in die Höhe, um mit diesem universellen Zeichen zu signalisieren: »Ich habe mehr in meinen Mund hineingeschaufelt, als ein normaler Mensch jemals für möglich halten würde, und arbeite mich langsam hindurch. Bitte geben Sie mir daher einen Moment Zeit.« Ein paar Sekunden später war ich in der Lage zu antworten. »Mir geht es gut, sehr gut. Das Essen ist fantastisch!«

»Ihre Stimmung scheint sich gebessert zu haben.«

Sie hatte Recht. Meine Stimmung hatte sich in der Tat gebessert. Das frustrierende Gefühl, das mich bei meiner Ankunft übermannt hatte, war fast gänzlich verschwunden. Ich hatte mich so stark auf die »Warum-bist-du-hier-Frage?« und die anschließenden Gespräche konzentriert, dass alles andere zweitrangig geworden war. Und das großartige Omelett hatte ebenfalls seinen Teil dazu beigetragen.

»Möchten Sie Ihre Mahlzeit alleine beenden oder hätten Sie lieber Gesellschaft?«, erkundigte sich Casey.

»Gesellschaft! Ich hätte definitiv lieber Gesellschaft. Ich würde gerne unser voriges Gespräch fortsetzen. Einige Dinge verwirren mich noch immer.«

»Wie kann ich Ihnen weiterhelfen?«, fragte Casey.

»Nun, um auf die Punkte auf der Karte zurückzukommen, wenn jemand sich fragt, warum er hier ist, und er den Grund seines Daseins irgendwie herausfindet, was fängt er dann mit diesem Wissen an?«

Casey schwieg ein paar Augenblicke lang.

»Grundsätzlich«, sagte sie, »kann er damit tun, was er möchte. Er hat es herausgefunden, und dieses Wissen gehört nun ihm. Er hat die oberste und absolute Kontrolle darüber, was er damit macht.«

Ich dachte einen Moment lang über ihre Erläuterungen nach. »Ich nehme an, wenn jemand herausfinden würde, warum er hier ist, dann würde er auch wissen wollen, wie er diesem Sinn und Zweck seines Daseins am besten gerecht werden könnte. Nur, wie macht man das?« Ich sah Casey fragend an und hatte den Eindruck, dass sie etwas wusste, aber darauf wartete, dass ich selbst darauf kam.

»Das ist individuell sehr unterschiedlich«, meinte sie.

»Wie wär's mit einem kleinen Hinweis, Casey?«

»Vielleicht hilft Ihnen ein Beispiel weiter«, antwortete sie. »Angenommen, Sie wären in Ihrer Freizeit gerne künstlerisch tätig. Welcher Art von Kunst würden Sie sich zuwenden?«

Ich dachte nach. »Ich weiß es nicht – käme auch darauf an, was für ein Künstlertypus ich sein wollte. Vermutlich würde ich einfach das erschaffen, wozu ich Lust hätte, was immer das auch wäre.« Ich wartete auf ihren Kommentar. Da sie nichts sagte, dachte ich über meine Antwort nach.

»Ist es so einfach?«, fragte ich. »Sobald jemand weiß, warum er hier ist, tut er, was immer er möchte und was dem Zweck seines Daseins dient?«

Während ich diese Worte sagte, spürte ich, wie mich eine innere Aufregung erfasste. Es war so, als hätte ich gerade etwas Einzigartiges und Wichtiges herausgefunden und als würde mein Körper das bestätigen. Es klang so grundlegend, dass es fast zu einfach schien, um wahr zu sein. *Tue, was immer du willst und was deiner Bestimmung entspricht.*

»Wenn der Zweck meines Daseins also darin besteht, Menschen zu helfen, dann sollte ich tun, was immer ich gerne möchte, solange es meiner Definition entspricht, Menschen zu helfen?«, fragte ich aufgeregt, da ich mich für die Vorstellung mehr und mehr erwärmte.

»Genauso ist es«, bestätigte Casey. »Wenn es für

Sie bedeutet, einen medizinischen Beruf auszuüben, dann sollten Sie das tun. Wenn es für Sie bedeutet, Unterkünfte in einer armen Region zu bauen, dann machen Sie dies.«

Die Gedanken rasten durch meinen Kopf. So hatte ich die Dinge noch nie betrachtet. Bisher hatte ich die Entscheidungen in meinem Leben meistens aufgrund anderer Überlegungen getroffen, zum Beispiel aufgrund von Ratschlägen meiner Familie, weil es irgendeinen sozialen Druck gab oder aufgrund der Meinung anderer Leute. Aber dies war etwas anderes. »Und was ist, wenn ich hier bin, um zu erfahren, wie es ist, ein Millionär zu sein?«

»Dann sollten Sie all das tun, was zu Ihrer Definition passt, ›ein Millionär zu sein‹«, antwortete Casey. »Wenn es bedeutet, mit anderen Millionären zu tun zu haben, dann sollten Sie das umsetzen. Wenn es bedeutet zu arbeiten, bis Sie eine Million beisammenhaben, arbeiten Sie! So wie in den vorigen Beispielen gilt auch hier, dass Sie stets die Wahl haben.«

»›Millionär sein …‹, das klingt irgendwie gut«, sagte ich und wurde immer aufgeregter. »Ich könnte mir einige neue Autos kaufen und vielleicht ein paar Häuser.« Caseys Stimme wurde leise.

»Sind Sie deswegen hier?«

Ihre Frage ließ meine Gedanken schlagartig zur Ruhe kommen.

»Ich weiß es nicht.«

»Mike und ich benutzen gerne ein kleines Akronym«, sagte Casey. »Es hat mit der Frage zu tun, die Sie kurz auf der Karte gesehen haben.«

Ich sah nach unten und las die erste Frage.

WARUM BIST DU HIER?

»Wenn ein Mensch weiß, warum er hier ist, hat er den ›Zweck seiner Existenz‹ erkannt. Wir nennen es verkürzt ›ZDE‹, für ›Zweck der Existenz‹. Im Laufe seines Lebens stellt der Mensch vielleicht fest, dass er 10, 20 oder Hunderte von Dingen tun möchte, um dem Zweck seiner Existenz gerecht zu werden. Er kann all diese Dinge tun. Unsere erfülltesten Cafégäste sind diejenigen, die ihren ZDE kennen und all die Tätigkeiten ausprobieren, die ihrer Meinung nach dieser Bestimmung dienen.«

»Und Ihre am wenigsten erfüllten Gäste?«, fragte ich.

»Sie tun auch eine Menge Dinge«, erwiderte Casey.

Sie hielt inne, und ich sprach den Gedanken aus, der sich mir plötzlich aufdrängte. »Sie tun eine Menge Dinge, die nichts mit ihrem ZDE zu tun haben.« Casey nickte zustimmend, und mir wurde klar, dass diese Erkenntnis einer von den Punkten war, auf die ich selbst kommen musste.

»Aber wenn ich mir diese Frage stellen und schließlich meinen ZDE herausfinden würde, wie könnte ich dann erfahren, was mir helfen würde, ihn zu erfüllen? Ich meine, es könnten Menschen sein oder Reisen, verschiedene Aktivitäten, Erfahrungen oder alles mögliche andere. Die Möglichkeiten scheinen unermesslich zu sein.«

Sie antwortete mit einer Frage. Mir fiel auf, dass sie häufig mit einer Frage antwortete. »Nehmen wir an, Sie fänden heraus, dass Ihr ZDE darin besteht, Autos zu bauen. Und nehmen wir an, Sie würden sich dafür entscheiden, Ihren ZDE zu verwirklichen. Was würden Sie tun?«

Ich dachte nach. »Ich würde mir viele Bücher über Autos besorgen, vielleicht würde ich einen Ort besuchen, wo Autos produziert werden, oder Kontakt mit Leuten suchen, die bereits Autos gebaut haben, und ihren Rat einholen. Vielleicht würde ich versuchen, einen Job bei einem Autohersteller zu bekommen.«

»Würden Sie an einem Ort bleiben?«

Ich überlegte erneut. »Nein, wenn ich wirklich wissen wollte, wie man Autos baut, würde ich verschiedene Orte der Welt aufsuchen, wo Autos hergestellt werden, um mehr als nur eine Methode kennen zu lernen. Ich denke, ich kann meine Frage nun selbst beantworten: Jemand lernt all die Dinge, die seinen ZDE erfüllen können, indem er viele Dinge in Erfahrung bringt, die etwas mit seinem ZDE zu tun haben, und indem er sich intensiv damit beschäftigt.«

»Sie haben es erfasst«, sagte Casey. »Wir werden alle durch unsere bisherigen Erfahrungen und unser

Wissen eingeschränkt. Die Betonung liegt auf ›bisherig‹. Mehr als je zuvor in der Geschichte der Welt haben wir die Chance, Informationen zu sammeln, anderen Menschen und Kulturen zu begegnen und Erfahrungen aus der ganzen Welt für uns zu nutzen. Wenn wir danach suchen, was unseren ZDE erfüllt, ist es viel weniger eine Frage des möglichen Zugangs als der Einschränkungen, die wir uns selbst auferlegen.«

»Sie haben Recht«, stimmte ich ihr zu. »Ich nutze die vielen Möglichkeiten sehr wenig. Wenn ich daran denke, wie ich meine Zeit verbringe, ist es Tag für Tag ziemlich dasselbe.«

»Woran liegt das?«, fragte sie.

Ich blickte auf die Speisekarte.

WARUM BIST DU HIER?

»Ich nehme an, es liegt daran, dass ich die Antwort auf diese Frage nicht kenne«, überlegte ich und deutete auf die Karte. »Da ich nicht genau weiß, warum ich hier bin und was ich tun möchte, tue ich mehr oder weniger das, was die meisten Menschen eben so tun.«

»Bringt es Sie Ihrer Erfahrung nach Ihrem ZDE näher, wenn Sie tun, was ›die meisten Menschen‹ tun?«, fragte Casey.

6 »Haben Sie schon einmal eine grüne Meeresschildkröte gesehen, John?«

»Eine grüne Meeresschildkröte?«

»Genau«, sagte Casey, »eine grüne Meeresschildkröte. Und zwar eine große grüne Meeresschildkröte mit grünen Flecken auf den Flossen und am Kopf.«

»Ich glaube, ich habe bereits Fotos von ihr gesehen«, sagte ich. »Warum fragen Sie?«

»So seltsam es sich auch anhören mag«, begann Casey, »eine der wichtigsten Lebenslehren in Bezug darauf, welche Dinge ich jeden Tag tue, hat mir eine große grüne Meeresschildkröte vermittelt.«

»Was hat sie Ihnen denn gesagt?«, fragte ich und konnte ein Schmunzeln nicht unterdrücken.

»Lustig, nicht wahr?«, meinte Casey und lächelte zurück. »Sie hat mir eigentlich nichts ›gesagt‹, aber trotzdem habe ich eine ganze Menge von ihr gelernt. Während eines Urlaubs auf Hawaii schnorchelte ich einmal an der Küste entlang. Der Tag war bereits spektakulär gewesen, da ich zum ersten Mal in meinem

Leben einen gepunkteten Aal sowie einen Tintenfisch gesehen hatte. Darüber hinaus gab es Tausende von Fischen in allen erdenklichen Farben, vom auffällig leuchtenden Neonblau bis zum tiefsten Rotton.

Ich war zirka 30 Meter vom Strand entfernt und tauchte gerade an einigen großen Felsen hinunter, als ich rechts von mir eine große grüne Meeresschildkröte erblickte, die neben mir herschwamm. Ich hatte bisher noch nie eine in der freien Natur gesehen und war daher außer mir vor Freude. Ich tauchte zur Oberfläche hoch, pustete das Wasser aus meinem Schnorchel und ließ mich auf dem Wasser treiben, um sie zu beobachten.

Die Meeresschildkröte befand sich genau unter mir und schwamm vom Ufer fort. Ich entschloss mich, an der Oberfläche zu bleiben und sie eine Weile zu beobachten. Verblüfft stellte ich fest, dass es mir nicht gelang, so schnell voranzukommen wie sie, obwohl es so aussah, als würde sie sich ziemlich langsam vorwärts bewegen. Sie paddelte hin und wieder mit den Flossen, um sich dann einfach wieder im Wasser treiben zu lassen. Ich trug Schwimmflossen, die mir einen kraftvollen Vorwärtsschub verliehen. Außerdem wurde meine Bewegung nicht durch eine Schwimmweste oder etwas anderes gebremst, doch die Meeresschildkröte entfernte sich immer weiter von mir, sosehr ich auch versuchte, mit ihr mitzuhalten.

Nach zirka zehn Minuten hatte sie mich abgehängt. Erschöpft, enttäuscht und etwas beschämt darüber, dass eine Schildkröte schneller war als ich, machte ich kehrt und schnorchelte zum Ufer zurück.

Am nächsten Tag kehrte ich, in der Hoffnung, weitere Schildkröten zu sehen, an den gleichen Ort zurück. Und tatsächlich, zirka 30 Minuten, nachdem ich ins Wasser gewatet war, sah ich einen Schwarm kleiner schwarzgelber Fische sowie eine grüne Meeresschildkröte. Ich beobachtete sie eine Weile, während sie um eine Koralle herumpaddelte, und versuchte, ihr zu folgen, als sie vom Ufer fortschwamm. Wieder war ich überrascht festzustellen, dass ich nicht mit ihr mithalten konnte. Als ich das bemerkte, hörte ich auf, mit den Schwimmflossen zu paddeln, und ließ mich treiben, um sie zu beobachten. In diesem Moment vermittelte sie mir eine wichtige Lebenslehre.«

Casey hörte auf zu reden.

»Casey, Sie können an diesem Punkt nicht mit der Geschichte aufhören. Was hat sie Ihnen beigebracht?«

Sie lächelte mich an. »Ich dachte, Sie glauben nicht daran, dass grüne Meeresschildkröten uns etwas zu sagen haben?«

Ich erwiderte ihr Lächeln. »Nun, ich bezweifle nach wie vor, dass sie etwas ›sagen‹ können, aber so wie die Geschichte sich entwickelt, beginne ich langsam an die Möglichkeit zu glauben, dass sie uns etwas lehren können. Was geschah also?«

»Als ich mich an der Oberfläche treiben ließ, fiel mir auf, dass die Schildkröte ihre Bewegungen der des Wassers anpasste. Wenn sich eine Welle auf das Ufer zubewegte und der Schildkröte ins Gesicht schwappte, ließ diese sich treiben und paddelte gerade so viel, um ihre Position zu halten. Und wenn die Welle wieder zum Ozean hinausströmte, paddelte sie schneller, um die Bewegung des Wassers zu ihrem Vorteil zu nutzen.

Die Schildkröte kämpfte nie gegen die Wellen an, sondern nutzte sie für sich. Ich konnte nicht mit ihr mithalten, weil ich die ganze Zeit strampelte, egal in welche Richtung das Wasser strömte. Anfangs war das noch in Ordnung, und es gelang mir, auf gleicher Höhe mit der Meeresschildkröte zu bleiben. Ich musste meine Bewegungen sogar manchmal etwas verlangsamen. Aber je mehr ich gegen die hereinrollenden Wellen ankämpfte, desto anstrengender wurde es. Und daher hatte ich nicht genug Kraft übrig, um die zurückströmende Welle auszunutzen.

Während eine Welle nach der anderen zum Ufer rollte und wieder zurückströmte, wurde ich immer erschöpfter und schwamm weniger effektiv. Die grüne Meeresschildkröte dagegen passte ihre Bewegungen den Wellen optimal an und kam daher schneller vorwärts als ich.«

»Casey«, begann ich, »langsam finde ich Gefallen an einer guten Schildkröten-Geschichte …«

»An einer Grüne-Meeresschildkröten-Geschichte«, unterbrach sie mich freundlich.

»Verzeihung, an einer Grüne-Meeresschildkröten-Geschichte! Ich denke, mir gefällt eine gute Grüne-Meeresschildkröten-Geschichte genauso wie anderen Menschen. Sie gefällt mir sogar besonders gut, da ich das Meer liebe. Aber ich verstehe noch nicht, was die Geschichte damit zu tun hat, auf welche Art und Weise Menschen sich für etwas entscheiden, um ein erfülltes Leben zu führen.«

»Und ich hatte so große Hoffnungen in Sie gesetzt«, sagte Casey schmunzelnd.

»Okay, okay«, antwortete ich, »geben Sie mir eine Minute Zeit.« Ich dachte über die Dinge nach, die wir vor der Grüne-Meeresschildkröten-Geschichte besprochen hatten. Dann begann ich erneut zu sprechen. »Sie haben gesagt, sobald jemand weiß, warum er hier ist – sobald er seinen ZDE kennt –, kann er seine Zeit damit verbringen, Dinge zu tun, die ihn erfüllen. Sie sagten außerdem, dass Menschen, die ihren ZDE nicht kennen, ihre Zeit ebenfalls mit einer Menge von Dingen ausfüllen. Ich schloss daraus, dass sie ihre Zeit mit Dingen verbringen, die ihnen nicht dabei helfen, gemäß ihrem ZDE zu leben.«

»So weit, so gut überlegt! Ich glaube, Sie stehen unmittelbar vor einer größeren Erkenntnis«, sagte Casey.

»Da könnten Sie Recht haben«, antwortete ich

und schmunzelte über ihren freundlichen Sarkasmus.

»Ich glaube, die Schildkröte … die grüne Meeresschildkröte … hat Sie Folgendes gelehrt: Wenn man nicht auf das ausgerichtet ist, was man gerne tun möchte, kann man seine Energie mit einer Menge anderer Dinge verschwenden. Wenn sich dann die Gelegenheit bietet, das zu tun, was man möchte, hat man möglicherweise nicht mehr die Kraft oder die Zeit dafür.«

»Sehr gut«, sagte Casey. »Und ich weiß zu schätzen, dass Sie erkannt haben, dass es sich um eine grüne Meeresschildkröte handelt, anstatt lediglich um eine Schildkröte.« Dann wurde sie ernster. »Es war wirklich ein bedeutender Moment für mich, definitiv eins der ›Aha-Erlebnisse‹ in meinem Leben.«

»Jeden Tag versuchen so viele Menschen, uns zu überreden, Zeit und Energie für sie aufzubringen. Denken Sie nur einmal an Ihre Post. Wenn Sie sich auf jede Aktivität, jede Verkaufsaktion und jedes Dienstleistungsangebot einlassen würden, worüber Sie informiert werden, hätten Sie keine freie Zeit mehr. Und das ist lediglich Ihre Post. Wenn Sie zudem alle Menschen dazurechnen, die Ihre Aufmerksamkeit auf etwas lenken wollen – beispielsweise auf das Fernsehprogramm, auf Restaurants, Reiseziele … – dann tun Sie möglicherweise bald das, was alle anderen auch tun oder von Ihnen erwarten.

Als ich zum Strand zurückkam, nachdem ich die Schildkröte den zweiten Tag beobachtet hatte, war ich erfüllt von all diesen Erkenntnissen. Ich setzte mich und hielt diese Gedanken in meinem Notizbuch fest. Ich erkannte, dass die hereinrollenden Wellen in meinem Leben aus all den Leuten, Aktivitäten und Dingen bestehen, die versuchen, meine Aufmerksamkeit, Energie und Zeit für sich zu gewinnen, die aber nichts mit meinem ZDE zu tun haben. Die zurückströmenden Wellen sind die Menschen, Aktivitäten und Dinge, die mir dabei helfen können, meinen ZDE zu erfüllen. Je mehr Zeit und Energie ich daher auf hereinrollende Wellen verschwende, desto weniger Zeit und Energie bleibt mir für die zurückströmenden Wellen. Seit ich dieses Bild in meinem Kopf habe, betrachte ich die Dinge aus einer anderen Perspektive. Ich entscheide viel bewusster, wie viel ich ›herumpaddele‹ und aus welchem Grund.«

»Das ist interessant«, sagte ich und dachte über ihre Geschichte nach sowie darüber, wie ich Tag für Tag den Großteil meiner Zeit verbrachte. »Ich verstehe nun, was wir von einer grünen Meeresschildkröte lernen können.«

Casey stand vom Tisch auf. »Ich dachte mir, dass Sie es wohl verstehen würden. Aber ich glaube, ich halte Sie von Ihrem Frühstück ab. Wie wär's, wenn ich Sie in Ruhe weiteressen lasse und in einer Weile wiederkomme, um zu sehen, wie es Ihnen geht?«

»Casey, würden Sie mir ein Stück Papier geben und Ihren Stift leihen, bevor Sie gehen?«

»Gerne.« Sie nahm den Stift aus ihrer Schürze, riss ein Blatt von ihrem Bestellblock ab und legte beides auf den Tisch.

»Die Antwort wird Sie verblüffen«, sagte sie augenzwinkernd.

»Woher wissen Sie …«, wollte ich sie fragen, aber sie war schon auf dem Weg in die Küche.

Ich begann, verschiedene Zahlen auf das Papier zu schreiben. Durchschnittliche Lebenserwartung von 75 Jahren … Universitätsabschluss mit 22 Jahren … an 6 Tagen pro Woche erhalte ich Post … 16 Stunden bin ich pro Tag wach … 20 Minuten verbringe ich jeden Tag mit der Post …

Als ich mit meinen Berechnungen fertig war, konnte ich das Ergebnis nicht glauben. Ich rechnete die Zahlen erneut durch und erhielt das gleiche Ergebnis.

Ich stellte fest, dass Casey mit der Wirkung der hereinrollenden Wellen nicht übertrieben hatte. Wenn ich für die Zeit zwischen meinem Universitätsabschluss und meinem fünfundsiebzigsten Lebensjahr 20 Minuten täglich veranschlagte, um die Post zu öffnen und durchzusehen, die mich eigentlich nicht interessierte, ergab meine Rechnung, dass ich insgesamt fast ein ganzes Jahr meines Lebens mit überflüssiger Post verbrachte.

Ich ging meine Rechnung erneut durch. Es stimmte. Ich hatte, ab dem Universitätsabschluss gerechnet, insgesamt voraussichtlich 53 Lebensjahre, und wenn ich nicht aufpasste, würde ich eins davon mit dem Lesen von Werbung verschwenden.

»Nun?« Es war Casey. Ich war so vertieft gewesen in meine Berechnungen, dass ich gar nicht bemerkt hatte, wie Casey zurückkam.

»Sie haben Recht«, antwortete ich. »Ich bin überrascht. Mehr als das, ich glaube, ich bin schockiert. Ist Ihnen bewusst, dass allein der Müll in Ihrem Briefkasten ein ganzes Jahr Ihres Lebens verschlingen könnte?«

Sie lächelte. »Nicht die gesamte Post besteht aus Müll, John.«

»Ja, das weiß ich, aber bei mir besteht der größte Teil daraus. Außerdem geht es ja nicht nur um die Post. Ich habe mich gerade gefragt, welche anderen hereinrollenden Wellen meine Zeit und Energie täglich beanspruchen.«

»Ja, man kann tatsächlich ins Grübeln geraten«, sagte sie. »Deshalb hatte die Begegnung mit der grünen Meeresschildkröte eine so große Bedeutung für mich.« Damit drehte sie sich um und ging zu den Gästen auf der anderen Seite des Cafés.

**7** Ich begann, die Pfannkuchen in Angriff zu nehmen. Sie waren ebenso köstlich wie alles andere. Während ich aß, dachte ich über meine Gespräche mit Mike und Casey nach. Es waren nicht gerade alltägliche Cafégespräche gewesen. Warum bist du hier? Was tust du, sobald du weißt, warum du hier bist? Was kannst du von einer grünen Meeresschildkröte lernen?

Als ich mich gerade dem restlichen Obst widmete, kam Mike an meinen Tisch.

»Wie schmeckt es Ihnen?«

»Das Essen ist wunderbar! Sie sollten sich überlegen, ob Sie nicht eine Café-Kette mit vielen Franchise-Läden aufziehen sollten. Sie könnten ein Vermögen damit verdienen.«

»Vielleicht habe ich bereits ein Vermögen«, erwiderte Mike schmunzelnd.

»Aber warum arbeiten Sie dann noch hier …?« Ich unterbrach mich, aber es war bereits zu spät. »Entschuldigen Sie, Mike, ich wollte damit nicht sagen, dass dies kein tolles Café ist. Ich wollte nur sagen … ich bin nicht sicher, was ich eigentlich sagen wollte.«

»Das ist schon in Ordnung«, sagte Mike. »Diese Frage ist mir bereits mehr als einmal gestellt worden. Kennen Sie zufällig die Geschichte von dem Geschäftsmann, der im Urlaub einem Fischer begegnet?«

»Ich glaube nicht.«

»Vor ein paar Jahren war diese kleine Geschichte recht populär«, sagte Mike. »Soll ich sie Ihnen erzählen? Sie hat etwas mit Ihrer Bemerkung über die Café-Kette zu tun.«

»Gerne«, sagte ich.

»Nun, die Geschichte handelt von einem Geschäftsmann, der in Urlaub fuhr, um dem Alltag zu entfliehen und sozusagen ›seine Batterien wieder aufzuladen‹. Er flog weit weg in eine abgelegene Gegend und verbrachte einige Tage in einem kleinen Dorf am Meer. Ein paar Tage lang beobachtete er die Dorfgemeinschaft und stellte fest, dass ein bestimmter Fischer am glücklichsten und zufriedensten von allen wirkte. Der Geschäftsmann wollte gerne wissen, woran das lag, und so fragte er den Fischer schließlich, was er jeden Tag tat.

Der Mann antwortete ihm, dass er jeden Morgen nach dem Aufwachen mit seiner Frau und seinen Kindern frühstücke. Dann gingen seine Kinder zur Schule, er fuhr zum Fischen raus, und seine Frau malte.

Ein paar Stunden später kam er mit genügend Fisch für die Familienmahlzeiten nach Hause und machte ein Nickerchen. Nach dem Abendessen gingen er und seine Frau am Strand spazieren und beobachteten den Sonnenuntergang, während die Kinder im Meer schwammen.

Der Geschäftsmann war fassungslos. ›Machen Sie das jeden Tag?‹, fragte er.

›Meistens schon‹, antwortete der Fischer. ›Manchmal machen wir auch andere Dinge, aber für gewöhnlich sieht mein Leben so aus.‹

›Und Sie können jeden Tag genügend Fische fangen?‹, fragte der Geschäftsmann.

›Ja‹, antwortete der Fischer, ›es gibt viele Fische.‹

›Könnten Sie mehr Fische fangen, als Sie für Ihre Familie mit nach Hause nehmen?‹, erkundigte sich der Geschäftsmann weiter.

Der Fischer antwortete lächelnd: ›Oh ja, häufig fange ich viel mehr und lasse sie einfach wieder frei. Sie müssen wissen, ich liebe es zu fischen.‹

›Aber warum fischen Sie nicht den ganzen Tag und fangen so viele Fische, wie Sie können?‹, hakte der Geschäftsmann nach. ›Dann könnten Sie den Fisch verkaufen und viel Geld verdienen. Schon bald könnten Sie ein zweites Boot kaufen und dann ein drittes Boot, andere Fischer beschäftigen, die ebenfalls viele Fische fangen. In ein paar Jahren könnten Sie sich ein Büro in einer großen Stadt einrichten, und ich wette, dass Sie innerhalb von zehn Jahren ein internationales Fischhandelsunternehmen aufbauen könnten.‹

Der Fischer sah den Geschäftsmann freundlich an. ›Und warum sollte ich all das tun?‹

›Nun, wegen des Geldes‹, antwortete der Geschäftsmann. ›Sie würden es tun, um eine Menge Geld zu verdienen, und sich dann zur Ruhe setzen.‹

›Und was würde ich dann in meinem Ruhestand tun?‹, fragte der Fischer.

›Na ja, was immer Sie möchten, nehme ich an‹, sagte der Geschäftsmann.

›Etwa mit meiner Familie frühstücken?‹

›Ja, zum Beispiel‹, sagte der Geschäftsmann ein bisschen verärgert darüber, dass der Fischer sich nicht stärker für seine Idee begeisterte.

›Und da ich so gerne zum Fischen gehe, könnte ich, wenn ich wollte, jeden Tag ein bisschen fischen?‹, fuhr der Fischer fort.

›Ich wüsste nicht, was dagegen spräche‹, sagte der Geschäftsmann. ›Wahrscheinlich würde es dann nicht mehr so viele Fische geben, aber vermutlich wären noch genügend da.‹

›Vielleicht könnte ich dann auch meine Abende mit meiner Frau verbringen. Wir könnten am Strand spazieren gehen und den Sonnenuntergang beobachten, während unsere Kinder im Meer schwämmen?‹, fragte der Fischer.

›Sicher, alles, was Sie wollen, wobei Ihre Kinder

dann wahrscheinlich schon erwachsen sein dürften‹, sagte der Geschäftsmann.

Der Fischer lächelte ihn an, gab ihm die Hand und wünschte ihm gute Erholung.«

Mike beendete die Geschichte. »Na, was halten Sie davon, John?«

»Ich glaube, ich bin ein bisschen wie der Geschäftsmann. An den meisten Tagen arbeite ich, damit ich einmal genug Geld habe, um mich zur Ruhe zu setzen.«

»Das habe ich früher auch so gemacht«, sagte Mike. »Aber dann habe ich einen wichtigen Punkt verstanden. Der Ruhestand ist eine Zeit X in der Zukunft. Ich würde dann genug Geld haben, um zu tun, was ich will. Es stünde mir frei, an allen Aktivitäten teilzunehmen, die mir Spaß machen, und ich könnte jeden Tag auf eine erfüllende Weise verbringen. Aber bis dahin? Eines Abends kam ich nach einem besonders unbefriedigenden Arbeitstag zu dem Schluss, dass es einen besseren Weg geben müsse. Mit der Zeit stellte ich fest, dass ich nicht mehr klar gesehen hatte, wie die Dinge laufen sollten. Dabei war es so einfach, dass es verrückt war, warum ich nicht eher darauf gekommen bin. Aber ich hatte es nun mal nicht mehr klar erkennen können.«

Ich setzte meine Mahlzeit fort, während Mike weitersprach.

»Ich erkannte, dass mir jeder Tag die Gelegenheit

bietet, zu tun, was immer ich möchte. Jeden Tag habe ich die Möglichkeit, die Antwort auf die Frage zu verwirklichen, die Sie auf der Rückseite der Karte gesehen haben. Ich muss nicht bis zum ›Ruhestand‹ warten.«

Ich legte meine Gabel nieder und lehnte mich zurück. Ich war überrascht, wie simpel das alles klang. »Aber das ist so einfach«, sagte ich. »Wenn es so leicht ist, warum macht dann nicht jeder, was er will?«

»Tja«, sagte Mike, »ich befürchte, ich kann nicht für alle Menschen sprechen. Tun Sie denn, was Sie möchten, John?«

Das Gespräch bewegte sich mittlerweile in eine andere Richtung, als ich erwartet hatte. Ich hatte gehofft, dass Mike weitersprechen würde und ich einfach zuhören konnte. Ich dachte einen Moment über seine Frage nach.

»Nein, eigentlich nicht«, antwortete ich.

»Und warum nicht?«

»Um ehrlich zu sein, ich weiß es nicht genau. Ich wusste eigentlich nicht, was ich studieren sollte, als ich an die Universität ging. Schließlich entschied ich mich für ein Studienfach, das mir irgendwie gefiel. Außerdem erzählten mir viele Leute, dass man in diesem Bereich mit einem Abschluss gute Chancen auf einen Job hätte. Als ich mit dem Studium fertig war, begann ich zu arbeiten, und dann konzentrierte ich mich immer stärker darauf, Geld zu verdienen.

Nach einer Weile bekam ich ein ziemlich gutes Gehalt und gewöhnte mich irgendwie an die Alltagsroutine.

Ich bin auch nicht sicher, ob ich je über die Frage auf der Karte nachgedacht habe«, sagte ich, »… bis zum heutigen Abend.«

»Wie ich vorhin erwähnt habe«, erklärte Mike, »ist es sehr unterschiedlich, was die Frage bei dem Einzelnen auslöst und wann sich jemand mit ihr beschäftigt.«

»Es ist wirklich verrückt«, sagte ich.

»Was genau meinen Sie?«

»Das, worüber wir gerade gesprochen haben. Warum verbringen wir so viel Zeit damit, uns auf den Zeitpunkt vorzubereiten, zu dem wir tun können, was wir möchten, anstatt es einfach sofort zu tun?«

»Ich denke, Sie sollten jemanden kennen lernen, der Ihnen das vielleicht erklären kann«, sagte Mike. Er erhob sich und ging zu dem Tisch, an dem Casey sich mit den anderen Gästen unterhielt. Ich konnte nicht hören, was gesprochen wurde, aber bald darauf stand eine Frau auf und kam zusammen mit Mike auf mich zu.

**8** Als sie bei meinem Tisch ankamen, machte Mike uns bekannt: »John, ich möchte Ihnen meine Freundin Anne vorstellen. Anne, das ist John. Er ist heute Abend zum ersten Mal im Café.«

Anne lächelte mich an, und wir gaben uns die Hand.

»Es freut mich, Sie kennen zu lernen«, sagte ich. »So wie Mike Sie mir vorgestellt hat, nehme ich an, dass Sie häufig hier im Café zu Abend essen.«

»Hin und wieder«, antwortete sie. »Es ist ein Ort, an dem man sich irgendwie einfindet, wenn man es wirklich nötig hat.«

»Das merke ich langsam auch«, sagte ich.

»John und ich haben uns gerade über eins deiner Lieblingsthemen unterhalten, Anne, daher dachte ich, dass wir vielleicht deine Expertenmeinung dazu einholen könnten.«

»Nun, ich bin nicht so sicher, ob ich eine Expertin bin«, meinte sie fröhlich, »aber ich habe sicher eine Meinung dazu. Worüber habt ihr denn gesprochen?«

»John hat gefragt, warum wir so viel Zeit damit verbringen, uns auf eine Zukunft vorzubereiten, in der wir tun können, was wir wollen, anstatt diese Dinge einfach sofort zu tun.«

»Das ist tatsächlich eins meiner Lieblingsthemen«, sagte sie lachend.

Annes Lachen war ansteckend, und ich mochte sie sofort. »Setzen Sie sich doch, Anne. Ich würde Ihre Sicht der Dinge gerne hören.«

»Bevor sie beginnt, sollten Sie ein bisschen was über Anne wissen«, meinte Mike. »Sie hat Wirtschaftswissenschaften an einer der besten Universitäten der Welt studiert und arbeitete viele Jahre lang als überaus angesehene Führungskraft in der Werbebranche.«

»Hoi«, sagte ich, »das klingt beeindruckend.«

»Das war es nicht unbedingt«, widersprach Anne, »aber es ist wahrscheinlich wichtig, um den Zusammenhang zu verstehen.« Sie setzte sich mir gegenüber an den Tisch. »Sehen Sie manchmal fern, lesen Sie Zeitschriften oder hören Sie Radio, John?«

»Manchmal«, sagte ich, »warum?«

»Ein Teil der Antwort auf Ihre Frage, weshalb wir so viel Zeit damit verbringen, uns darauf vorzubereiten, was wir tun wollen, anstatt es einfach zu tun, liegt an den Botschaften, die uns jeden Tag vorgesetzt werden«, antwortete sie. »Werbeleute wissen schon seit langem, dass man Menschen dazu motivieren kann, bestimmte Dinge zu tun, wenn man ihre Ängste und Wünsche gezielt anspricht. Wenn es gelingt, bestimmte Ängste oder Sehnsüchte von Menschen zu wecken, kann man sie häufig dazu bringen, bestimmte Produkte zu kaufen oder spezielle Dienstleistungen in Anspruch zu nehmen.«

»Können Sie mir ein Beispiel dafür nennen?«, fragte ich.

»Ja gerne. Haben Sie je eine Werbung gesehen oder gehört, deren Botschaft lautete ›Wenn Sie dieses Produkt besitzen, werden Sie glücklich sein und ein besseres Leben führen‹?«

»Ich bin mir nicht sicher«, sagte ich. »Ich denke schon.«

»Es ist in der Regel eine subtile Botschaft«, erläuterte Anne. »Meistens sagen die Unternehmen es nicht direkt. Aber wenn man weiß, worauf man achten muss, oder wenn man selbst lange in der Werbebranche tätig war, erkennt man es. Die Botschaften sollen Sie davon überzeugen, dass Sie durch ein bestimmtes Produkt oder eine Dienstleistung Erfüllung finden und glücklich werden. So bekommt Ihr Leben angeblich einen Sinn, wenn Sie ein bestimmtes Auto fahren. Wenn Sie ein Eis essen, wird dieses Erlebnis mit Glück gleichgesetzt, und einen Diamanten zu besitzen, bedeutet der Werbung zufolge das Höchste der Gefühle.

Ich möchte Ihnen etwas Wichtiges sagen. In der

Regel wird Ihnen eine noch subtilere und wirkungsvollere Botschaft vermittelt. Demnach sorgen die Produkte nicht nur dafür, dass Sie erfüllt sind, sie können Sie angeblich auch daran hindern, glücklich zu sein, wenn Sie sie nicht besitzen.«

Ich sah Anne fragend an. »Soll das heißen, dass man nie etwas kaufen sollte? Das scheint mir ziemlich extrem zu sein, und es ist auch nicht sehr praktisch.«

»Oh nein«, sagte sie, »verstehen Sie mich nicht falsch! Jeder Mensch sollte tun, was immer er möchte. Ich sage nicht, dass man kein Auto kaufen, nicht ins Einkaufszentrum gehen oder kein Eis essen sollte.

Sie haben gefragt, warum wir so viel Zeit damit verbringen, uns darauf vorzubereiten, was wir tun wollen, anstatt es einfach zu tun. Das liegt zum Teil daran, dass wir uns von der Masse der Werbebotschaften, der wir jeden Tag ausgesetzt sind, vereinnahmen lassen, wenn wir nicht aufpassen. Am Ende denken wir dann möglicherweise, dass Glück und Erfüllung durch ein Produkt oder eine Dienstleistung zu erlangen sind. Das kann allmählich dazu führen, dass wir uns finanziell in eine Lage bringen, in der wir das Gefühl haben, so weitermachen zu müssen, obwohl wir es eigentlich gar nicht wollen.«

»Ich glaube, das verstehe ich nicht«, sagte ich.

»Dann will ich Ihnen ein sehr allgemeines Beispiel geben«, begann Anne. »Bedenken Sie dabei, dass es nicht auf jeden Menschen zutrifft, aber es verdeutlicht, worüber wir gesprochen haben.

Schon von Kindheit an werden wir mit Werbung konfrontiert, die uns die Botschaft vermittelt, dass bestimmte Dinge uns Erfüllung bringen. Was tun wir also? Nun, natürlich kaufen wir einige Produkte, um zu prüfen, ob die Werbung Recht hat.

Das Problem ist«, fuhr sie fort, »dass es Geld kostet, diese Dinge zu kaufen. Um dieses Problem zu lösen, gehen wir arbeiten. Vielleicht haben wir nicht den idealen Job, und die Zeit, die wir in der Arbeit verbringen, entspricht vielleicht nicht ganz unserer Vorstellung, wie wir die Stunden unseres Lebens gestalten möchten. Aber wir nehmen den Job an, damit wir die Dinge abbezahlen können, die wir gekauft haben. Wir beschwichtigen uns selbst damit, dass es nur vorübergehend ist. Dass wir bald etwas anderes machen werden, etwas, das wirklich dem entspricht, was wir tun möchten.

Da die Arbeit uns nicht befriedigt und wir so viel Zeit damit verbringen, werden wir immer unzufriedener. Viele Menschen um uns herum sprechen davon, dass sie den Tag in der Zukunft herbeisehnen, an dem sie in den Ruhestand gehen und tun können, was sie möchten. Bald beginnen auch wir, uns diese fast mystische Zeit in der Zukunft vorzustellen, in der wir unseren Job an den Nagel hängen können.

In der Zwischenzeit kaufen wir als Ausgleich zu

dieser unbefriedigenden Situation weiter irgendwelche Sachen und hoffen, dass die Werbebotschaften wenigstens ein Fünkchen Wahrheit enthalten. Wir hoffen, dass die gekauften Dinge uns die Erfüllung bringen, die uns unsere tägliche Arbeit nicht bieten kann. Doch je mehr wir kaufen, desto mehr Rechnungen sammeln sich an, und desto mehr Zeit müssen wir in der Arbeit verbringen, um alles bezahlen zu können. Da dies aber eigentlich nicht unserer Vorstellung entspricht und wir dadurch noch weniger Zeit für das haben, was wir wirklich tun möchten, werden wir nur noch unzufriedener.«

»Und daher kaufen wir noch mehr Dinge«, sagte ich. »Ich glaube, ich weiß, worauf Sie hinauswollen. Es ist ein Teufelskreis.«

»Ja«, bestätigte Anne, »und im Endeffekt arbeiten die Menschen lange Zeit und tun dabei Dinge, die ihren ZDE nicht gerade erfüllen. Währenddessen richten sie sich auf die Zukunft aus, auf einen Zeitpunkt, an dem sie nicht mehr arbeiten müssen und tun können, was sie wollen.«

»Hm, so habe ich das noch nie gesehen«, sagte ich. »Sind Sie sich bei all dem ganz sicher?«

Anne und Mike lachten.

»Ich würde Ihnen nicht empfehlen, die Botschaften der Werbung für bare Münze zu nehmen, John, sondern sie kritisch zu betrachten. Und ebenso wenig würde ich mir wünschen, dass Sie einfach akzeptieren, was ich sage«, erwiderte Anne. »Casey sagte, Sie hätten darüber gesprochen, dass wir alle die Möglichkeit haben, uns mit den Dingen auseinanderzusetzen, unseren Horizont zu erweitern und so zu erfahren, was es auf der Welt alles gibt. Was ich Ihnen gesagt habe, ist lediglich die Meinung eines Menschen. Jetzt, wo Sie es gehört haben, können Sie die Welt um sich herum betrachten und überlegen, ob Ihrer Meinung nach ein Teil, alles oder nichts davon stimmt.«

»Nun, ich werde auf alle Fälle die Dinge in einem neuen Licht betrachten«, antwortete ich. »Sagen Sie, Anne, haben Sie selbst auch den Teufelskreis erlebt, den Sie in Ihrem Beispiel beschrieben haben?«

»Ja, absolut! Jetzt kann ich darüber lachen, aber zu der Zeit war es nicht lustig. Ich war wirklich unglücklich und hatte das Gefühl, keine Kontrolle über mein eigenes Leben zu haben. Tag für Tag arbeitete ich sehr lange und versuchte dann, den Mangel an Freizeit dadurch auszugleichen, dass ich mir selbst etwas spendierte. Nach meinem Verständnis war das eine sehr plausible Lebenseinstellung.

Wenn ich das ganze Wochenende gearbeitet hatte, sagte ich mir, dass ich nun etwas Neues zum Anziehen verdiente oder das neueste Elektrogerät oder irgendein schickes neues Möbelstück. Aber da ich ständig arbeitete, hatte ich nur selten Zeit, die Dinge zu genießen, mit denen ich mich selbst belohnte. Wenn

Leute mich besuchten, sagten sie mir, wie schön sie mein Haus fänden, aber ich war zu selten daheim, um es zu genießen.

Eines Abends, als ich gerade einen dicken Stapel Rechnungen durchgesehen hatte, die wieder einmal den größten Teil meines Monatsgehalts verschlangen, ließ ich mich aufs Bett fallen und starrte zur Decke. Ich war kurz davor, in Tränen auszubrechen. Ich erkannte, dass das Leben an mir vorbeiging, dass ich die Tage mit einem Job verbrachte, der mir nicht viel bedeutete, und dass ich versuchte, mich dafür zu entschädigen, indem ich Dinge kaufte, die mir in Wirklichkeit auch nicht wichtig waren.

Erschwerend kam hinzu, dass ich meinem Plan zufolge bis zu meinem 60. Lebensjahr arbeiten musste. Erst im Ruhestand würde ich wieder tun können, was ich wollte. Ein schreckliches Gefühl.«

»Offensichtlich haben Sie mittlerweile eine ganz andere Einstellung«, sagte ich. »Wie kommt das?«

»Damals hatte ich in der Tat eine andere Haltung. Nachdem ich an jenem Abend eine Zeit lang die Decke angestarrt und überlegt hatte, wie ich in diese Lage geraten war, entschloss ich mich, einen Spaziergang zu machen. Ich lebte in einer großen Stadt, und die Straßen waren voller Menschen. Ich sah all die Menschen an, denen ich begegnete, und fragte mich, ob einer von ihnen das Gleiche empfand wie ich. Waren sie glücklich? Taten sie, was sie tun wollten?

Führten sie ein erfülltes Leben? Schließlich ging ich in ein kleines Café, das ich zwar vom Sehen kannte, in dem ich aber noch nie gewesen war. Zu meiner Überraschung saß ein Bekannter von mir dort. Ich war ihm bei verschiedenen Gelegenheiten begegnet, und die Gelassenheit, die er ausstrahlte, hatte mich stets beeindruckt.

Er fragte mich, ob ich mich zu ihm setzen wolle, und im Laufe von drei Stunden unterhielten wir uns bei zahlreichen Tassen Kaffee über unsere Einstellung zum Leben. Als ich ihm meine Situation schilderte, lächelte er und wies mich darauf hin, dass ich möglicherweise zu viele meiner eigenen Werbeanzeigen las. Aber ich verstand nicht so recht, worauf er hinauswollte. Daraufhin erläuterte er mir den Prozess, den ich Ihnen vorhin beschrieben habe. Außerdem erzählte er mir etwas, das ich seither nie mehr vergessen habe.

›Unsere Aufgabe‹, so sagte er, ›besteht darin zu erkennen, dass uns etwas erfüllt, weil wir es selbst nun einmal so empfinden, und nicht, weil jemand anderer uns sagt, dass es erfüllend sei.‹

Als ich an diesem Abend nach Hause kam, überlegte ich, was mich erfüllte und warum. Ich nahm mir fest vor, darüber nachzudenken, wie ich jeden Tag verbringen wollte und warum das so sein sollte. Und schließlich führten meine Gedanken mich an diesen Punkt«, sagte sie und deutete auf die Karte.

»Und dann?«, fragte ich.

Anne lachte erneut. »Nun, Casey hat Ihnen ja wahrscheinlich bereits erklärt, dass sich die Dinge ändern, sobald man sich die Frage stellt *Warum bin ich hier?* Ohne zu sehr ins Detail zu gehen, kann ich Ihnen sagen, dass ich seit diesem Abend nicht mehr dieselbe bin.

Es fing langsam an. Zunächst nahm ich mir jede Woche etwas mehr Zeit für mich selbst. Ich hörte auf, mich als Ausgleich für die harte Arbeit mit Sachen zu belohnen, und belohnte mich stattdessen damit, dass ich tat, was ich tun wollte. Ich achtete beispielsweise darauf, jeden Tag mindestens eine Stunde lang etwas zu tun, das mir wirklich Spaß machte. Manchmal las ich einen Roman, der mich begeisterte, an anderen Tagen machte ich einen langen Spaziergang oder trieb Sport.

Allmählich wurden aus der einen Stunde zwei, dann drei, und bevor ich mich's versah, konzentrierte ich mich ganz darauf, Dinge zu tun, die ich tun wollte, Dinge, die meiner Antwort auf die Frage ›Warum bin ich hier‹ entsprachen.«

**9** Anne wendete sich Mike zu. »Habt ihr schon die Todesdiskussion gehabt?«

»Die was?«, fragte ich und fühlte mich plötzlich ziemlich unwohl.

Anne deutete auf die Speisekarte. »Es geht um die zweite Frage.«

Ich sah nach unten.

HAST DU ANGST VOR DEM TOD?

Ich hatte die anderen beiden Fragen auf der Karte fast vergessen. Nach allem, was mir durch die erste Frage vor Augen geführt worden war, bezweifelte ich, ob ich bereit war, über die anderen nachzudenken.

»Die erste Frage hat etwas damit zu tun«, sagte Mike.

Schon wieder konnte er meine Gedanken lesen, und das gerade, als ich anfing zu glauben, dass dies ein normales Café war. Obwohl ich das wahrscheinlich nie wirklich gedacht hatte. »Inwiefern hat sie etwas damit zu tun?«, fragte ich.

»Haben Sie Angst vor dem Tod?«, fragte mich Anne. »Die meisten Menschen haben Angst davor.

Es ist sogar eine der häufigsten Ängste von Menschen.«

»Ich weiß es nicht«, antwortete ich. »Ich habe den Eindruck, dass es im Leben eine Menge zu tun gibt, und ich möchte nicht sterben, bevor ich die Gelegenheit hatte, alles zu tun, was ich möchte. Aber ich denke nicht jeden Tag über den Tod nach.«

»Menschen, die sich die Frage auf der Karte nicht gestellt haben und die nichts unternommen haben, um ihren ZDE zu erfüllen …«, Anne hielt inne, »diese Menschen haben Angst vor dem Tod«, sagte sie.

Ich war eine Weile sprachlos und sah Anne und Mike fragend an. »Wollen Sie damit sagen, dass die meisten Menschen jeden Tag über den Tod nachdenken? Das glaube ich nicht. Ich denke jedenfalls definitiv nicht jeden Tag darüber nach.«

Mike lächelte. »Nein, so ist es auch nicht. Wir sprechen hier in erster Linie von der unterbewussten Ebene. Die meisten Menschen denken nicht jeden Tag bewusst über den Tod nach. Aber unterbewusst wissen sie, dass sie mit jedem verstrichenen Tag einen Tag weniger die Chance haben, die Dinge zu tun, die sie sich im Leben wünschen. Daher haben sie Angst vor dem Tag X irgendwann in der Zukunft, an dem es keine Chance mehr geben wird. Sie haben Angst vor dem Tag, an dem sie sterben werden.«

Ich dachte darüber nach, was Mike gerade gesagt hatte. »Aber so muss es doch nicht sein, oder? Ich meine, wenn jemand sich selbst fragen würde, warum er hier ist, wenn er die Dinge tun würde, die er möchte und die seiner Bestimmung entsprechen, warum sollte er dann Angst vor dem Tod haben? Man kann nicht befürchten, keine Möglichkeit mehr zu haben, etwas zu tun, wenn man es bereits getan hat oder es jeden Tag macht.«

Anne lächelte. »Nein, das kann man nicht«, sagte sie sanft. Sie stand vom Tisch auf. »Es war mir ein Vergnügen, Sie kennen zu lernen, John. Ich muss nun wieder zu meinem Freund zurückgehen, aber unsere Unterhaltung hat mir gefallen.«

Ich stand ebenfalls auf, und wir gaben uns die Hand. »Mir auch«, sagte ich. »Danke, dass Sie mich an Ihren Erkenntnissen teilhaben ließen.«

Als sie sich umdrehte und fortging, ließ ich mich wieder auf meinen Sitz sinken. Ich fühlte mich verändert. Ich wusste zwar nicht genau, woran das lag, aber ich spürte, dass ich gerade etwas sehr Wertvolles gelernt hatte.

Mike stand nun auch auf. »Geht es Ihnen gut, John? Sie sehen etwas mitgenommen aus.«

»Ich denke nur nach«, sagte ich. »Das, worüber Sie und Anne gesprochen haben, klingt sehr einleuchtend. Es wundert mich, dass ich es so bisher noch nie gehört habe beziehungsweise nicht selbst darauf gekommen bin.«

»Alles zu seiner Zeit, John. Vielleicht haben Sie

schon einmal darüber nachgedacht, waren aber zu der Zeit noch nicht bereit, auf diese Gedanken zu hören oder entsprechend zu handeln.«

Mike nahm zwei leere Teller vom Tisch. »Ich räume erst einmal etwas Geschirr ab. Essen Sie noch etwas von den Bratkartoffeln?«

»Erstaunlicherweise ja«, antwortete ich und lenkte meine Aufmerksamkeit von meinen Gedanken wieder auf das Essen vor mir. »Sie sind zu gut, und ich habe immer noch zu viel Hunger, um sie zurückgehen zu lassen.«

Als Mike sich vom Tisch entfernte, konzentrierte ich mich erneut auf all die Dinge, die er und Anne gerade mit mir besprochen hatten. Es gab eine Menge zu verdauen. Ich dachte an Annes Geschichte über den Einfluss der Werbung. Welcher Anteil meiner Definition von Erfolg, Glück und Erfüllung war tatsächlich von anderen Menschen bestimmt worden? Es war schwer zu sagen. Ich entschloss mich, dass ich von nun an versuchen würde, mehr auf die Botschaften zu achten, die hinter den Worten der Menschen verborgen sind.

Das Gespräch über den Tod war etwas ganz anderes gewesen. Ich wusste, dass ich am Ende der Unterhaltung eine tiefere Verständnisebene erreicht hatte. Nicht etwa, dass ich vorher in einem Zustand emotionaler Verzweiflung gelebt und mir Sorgen über den Tod gemacht hätte. Der Tod war nicht einmal etwas, worüber ich häufig nachdachte. Aber die Vorstellung, ein Leben zu führen, das meiner eigenen Bestimmung entsprach, sowie der Gedanke, dass sich dies darauf auswirken würde, wie ich jeden Tag erlebte, stießen in mir auf eine starke Resonanz.

»Man kann nicht befürchten, keine Möglichkeit mehr zu haben, etwas zu tun, wenn man es bereits getan hat oder es jeden Tag macht«, sagte ich zu mir selbst.

Ich wünschte, ich wäre früher darauf gekommen oder ich hätte es schon früher gehört. »Trotzdem«, überlegte ich, »reicht es nicht, das zu wissen. Es geht darum, die Dinge, die ich tun möchte, auch tatsächlich zu tun.«

**10** Ich blickte erneut auf die Speisekarte.

WARUM BIST DU HIER?

HAST DU ANGST VOR DEM TOD?

FÜHRST DU EIN ERFÜLLTES LEBEN?

Die Fragen kamen mir nun nicht mehr so eigenartig vor wie beim ersten Mal, als ich sie gelesen hatte. Sie waren mir mittlerweile recht wichtig geworden.

FÜHRST DU EIN ERFÜLLTES LEBEN?

»Solange du lediglich weißt, warum du hier bist, aber nicht auch entsprechend handelst, wirst du keine Erfüllung finden«, sagte ich zu mir selbst.

»Aber es ist nicht immer so leicht, das umzusetzen, nicht wahr?«, meinte Casey.

Ich blickte auf, als sie gerade mein Glas nahm. »Nein, das ist es in der Tat nicht«, sagte ich. »Da muss ich nur an meine eigene Situation denken. Bei dem, was ich jeden Tag mache, weiß ich, was ich zu tun habe. Ich werde dafür bezahlt. Was aber geschieht, wenn ich mich frage, warum ich hier bin, und dabei herausfinde, was ich tun möchte? Was ist, wenn ich dann nicht weiß, wie ich es umsetzen soll, oder wenn ich keinen entsprechenden Job finde? Wie soll ich dann mein Geld verdienen? Wovon soll ich mich ernähren und wie soll ich etwas für den Ruhestand zurücklegen? Was ist, wenn ich diese neuen Dinge nicht gut kann, was immer es auch sein mag? Und was ist, wenn es sich um Dinge handelt, über die andere Leute lachen oder die sie nicht respektieren?«

Casey wartete, bis ich fertig war.

»Nehmen wir einmal an, dass jemand Schritt für Schritt versucht, herauszufinden, warum er hier ist. Und nehmen wir weiter an, dass er die richtige Antwort darauf findet. Glauben Sie, dass dieser Mensch angesichts dessen, was er entdeckt, begeistert sein wird?«

Ich versuchte, mir einen Moment lang vorzustellen, wie das wäre. »Sicher, das würde ich doch sehr hoffen«, meinte ich. »Wenn er wirklich herausfindet, warum er existiert, würde ich annehmen, dass es sehr spannend für ihn wäre.«

»Glauben Sie, dass dieser Mensch ebenso begeistert wäre, wenn er die Dinge täte, die seiner Bestimmung entsprechen?«, fragte sie.

Ich zögerte erneut. Die Frage erschien mir zu leicht. »Irgendetwas verstehe ich wohl noch nicht richtig«, dachte ich. »Sicher«, sagte ich. »Warum sollte er es nicht sein? Er wäre begeisterter und leidenschaftlicher bei der Sache als bei irgendetwas anderem.«

»Warum denken Sie dann, dass dieser Mensch möglicherweise keinen Erfolg hätte?«

Bevor ich antworten konnte, fuhr Casey fort.

»Sind Sie jemals Menschen begegnet, die absolut begeistert von dem waren, was sie jeden Tag taten? Die ihre Zeit offenbar mit etwas verbrachten, das ihnen wirklich Spaß machte?«

Ich überlegte. »Nicht vielen«, sagte ich, »aber ich kenne ein paar Menschen, auf die diese Beschreibung passt.«

»Machen diese Menschen ihre Sache gut?«, fragte Casey.

»Aber natürlich«, antwortete ich etwas sarkastisch. »Bei all der Zeit, die sie darauf verwenden, sollten sie ihre Sache schon gut beherrschen. Ich meine, sie lesen in ihrer Freizeit darüber, sie sehen sich Sendungen im Fernsehen darüber an, sie besuchen Kongresse zum Thema …«

»Und haben sie das, was sie tun, nicht irgendwann satt?«, hakte Casey nach.

»Nein«, antwortete ich. »Offenbar können sie nicht genug davon kriegen. Es ist, als würden sie Energie daraus schöpfen und …«, ich hielt mitten im Satz inne.

Casey lächelte mich an. »Haben Sie den Eindruck, dass diese Leute große Schwierigkeiten haben, Arbeit zu finden?«

Ich zögerte erneut. »Nicht die Leute, die ich kenne. Sie verstehen so viel von dem, was sie tun, und sind so begeistert davon, dass jeder sich bei ihnen Rat holt.«

»Ich könnte mir vorstellen, dass es sich um ziemlich positive und energiegeladene Menschen handelt«, sagte Casey. »Wahrscheinlich brauchen sie keinen Abstand vom Alltag, um ihre Batterien wieder aufzuladen.«

Ich ließ Caseys Bemerkungen in mir nachwirken. Es war eine interessante Betrachtungsweise. Wie wäre es, die Zeit stets mit Dingen zu verbringen, für die ich mich begeisterte? Wie würde mein Leben dann wohl aussehen? »Aber wie sieht es mit dem Geld aus?«, fragte ich. »Wenn man etwas gut kann oder viel darüber weiß, bedeutet es noch lange nicht, dass man viel Geld dafür bekommt. Vielleicht ist man stets in der Lage, Arbeit zu finden, aber wird man auch gut bezahlt?« Ich war jetzt etwas zufriedener mit mir selbst, da mir dieses Argument eingefallen war. »Denn«, fuhr ich fort, »wer weiß schon, welche Dinge ein Mensch für sich als erfüllend erachten würde.«

»Ich verstehe«, sagte Casey. »Nun, denken wir doch einmal an das schlimmstmögliche Szenario, was das Geld angeht. Jemand könnte ein Leben führen, bei dem er jeden Tag das tut, was seiner Bestimmung, seinem ZDE, entspricht. Aber er verdient damit nicht viel Geld. Oh, das wäre sehr tragisch! Stellen Sie sich nur die Folgen vor. Möglicherweise kommen Sie zu dem Ergebnis, dass Sie ein Leben führen, das stets den Zweck Ihrer Existenz erfüllt. Sie können Ihr ganzes Leben damit verbringen, was Sie wirklich tun möchten, da Sie herausgefunden haben, warum Sie hier sind, aber«, sie zögerte, »möglicherweise haben Sie im Alter von 65 Jahren nicht genügend Ersparnisse für Ihren Ruhestand. Was dann? – Ich nehme an, Sie müssten weiterhin die Dinge tun, die Sie gerne tun. Das wäre in der Tat tragisch.« Ihre Stimme hatte mittlerweile einen pseudodramatischen Ton angenommen.

Ich musste lachen. »Casey, Sie können ganz schön sarkastisch sein, wenn Sie wollen.«

»Ich möchte nur sichergehen, dass ich Ihre Denkweise vollkommen verstehe.«

»O.k., o.k., ich hab's verstanden«, sagte ich. »Es ist wie in Mikes Geschichte über den Fischer. Warum sollte man darauf warten, das zu tun, was man tun möchte, wenn man es sofort tun kann?«

»Sie haben es erfasst. Aber es geht um noch mehr. Erinnern Sie sich an Ihr Gespräch mit Anne, darüber, warum manche Menschen so viele Dinge kaufen?«

»Natürlich. Wir haben darüber gesprochen, dass manche Menschen nach mehr Geld streben, damit sie mehr kaufen können. Sie hoffen, dass das Gekaufte sie erfüllen wird, da sie nicht das tun, was ihnen entspricht. Aber je mehr sie kaufen, desto mehr müssen sie arbeiten, um alles zu bezahlen. Wenn sie nicht aufpassen, entsteht ein Teufelskreis, der sich ständig verschlimmert.«

Ich zögerte. Ich hatte das Gefühl, noch etwas übersehen zu haben. Ich sah Casey an, aber sie erwiderte meinen Blick, ohne etwas zu sagen. »Es hat etwas mit dem schlimmstmöglichen Szenario zu tun, nicht wahr?«, fragte ich. Casey nickte.

Ich dachte einen Moment nach. »Ich denke, das Erste ist, dass ein Mensch sich im schlimmstmöglichen Fall immer noch entscheiden könnte, etwas anderes zu tun.«

Casey nickte wieder, daher fuhr ich fort.

»Und das ist ja nur das schlimmstmögliche Szenario. Offensichtlich gibt es auch ein bestmögliches Szenario. Jemand könnte auch sehr gut für die Dinge bezahlt werden, die er tun möchte und die ihn erfüllen.«

Casey nickte abermals.

Ich wusste, dass ich den entscheidenden Punkt nach wie vor nicht greifen konnte. Ich lehnte mich zurück und trank einen Schluck Wasser. Ich wollte Casey gerade um einen kleinen Hinweis bitten, da kam mir plötzlich ein Gedanke. »Vielleicht wird das Geld weniger wichtig. Ich meine, es käme auf den Menschen und die Umstände an, aber während des Gesprächs mit Anne habe ich mich gefragt, warum wir eigentlich arbeiten. Anne und ich haben über die

Tatsache gesprochen, dass wir unter anderem deshalb arbeiten, weil wir uns Erfüllung wünschen.«

»Können Sie mir ein Beispiel geben?«, fragte Casey.

»Nun, ich arbeite beispielsweise, um Geld zu verdienen«, antwortete ich. »Ich brauche Geld, um die Dinge zu bezahlen, die ich kaufe. Wenn ich an all die Dinge denke, die ich kaufe, glaube ich, dass ich ein bisschen wie die Menschen bin, über die Anne und ich gesprochen haben. Viele Dinge, die ich besitze, helfen mir, mich zu entspannen und mit meiner Umgebung besser zurechtzukommen.

Ich frage mich, wie viel ich davon noch bräuchte, wenn ich nicht das Bedürfnis hätte, ›wegzukommen‹ oder ›abzuschalten‹. Wenn ich stets täte, was ich gerne mache, dann müsste es eigentlich weniger geben, dem ich gerne entfliehen würde, und wahrscheinlich hätte ich auch nicht annähernd so viel Stress, von dem ich mich erholen müsste. Ich will damit nicht sagen, dass ich in einer Hütte irgendwo im Wald leben würde. Aber ich frage mich, ob die Definition, was es bedeutet, ›viel Geld zu haben‹, sich verändert, je nachdem, wie sehr jemand ein Leben lebt, das seiner Bestimmung entspricht.«

Casey nickte wieder. »Möchten Sie damit sagen, dass die Menschen aufhören sollten, mehr Geld haben zu wollen?«

»Nein«, sagte ich und versuchte, die richtigen

Worte zu finden, um zu erklären, was ich dachte. »Das meine ich nicht. Ich sage lediglich Folgendes: Wenn ich für mich herausfinden würde, warum ich hier bin, und ich die Dinge täte, die dem Sinn und Zweck meines Daseins entsprechen, dann würde ich mir wahrscheinlich weniger Sorgen ums Geld machen. Das ist alles, was ich damit sagen will.«

Casey stand auf und räumte zwei leere Teller ab. »Das sind interessante Überlegungen, John.«

Sie drehte sich um, und ich sah ihr nach, wie sie zur Küche ging.

»Das ist ein interessanter Ort.«

**11** Als Casey zurückkam, schenkte sie in mein Glas erneut Wasser nach und setzte sich mir gegenüber an den Tisch. »Als ich Ihr Geschirr in die Küche brachte, erinnerte Mike mich an etwas, das Sie interessant finden dürften. Es hat mit unserem Gespräch über die Schwierigkeiten zu tun, auf die manche Menschen beim Versuch, ihren ZDE zu erfüllen, stoßen könnten.«

»Wie zum Beispiel meine Frage, wie diese Menschen Geld verdienen?«, fragte ich.

»Ja, aber es geht noch darüber hinaus.«

Ich sah Casey aufmerksam an. »Ich würde gerne etwas darüber hören.«

»Um es zu verstehen«, begann sie, »sollten Sie an die Menschen denken, über die wir vorhin gesprochen haben.«

»Sie meinen Personen, die ich kenne und die absolut begeistert von dem sind, was sie tun?«, fragte ich. »Die jeden Tag mit den Dingen verbringen, die sie wirklich gerne machen?«

»Genau die meine ich. Ist Ihnen bei diesen Menschen irgendetwas aufgefallen?«

»Nun«, begann ich, »eine Frau war im Vertrieb …«

»Einen Moment, John«, unterbrach mich Casey, »denken Sie nicht daran, was sie taten, sondern an etwas Allgemeineres. Was ist Ihnen generell bei diesen Menschen aufgefallen?«

Ich schloss einen Moment lang meine Augen. Im Geiste sah ich die Menschen vor mir, an die ich dachte. »Nun, wie ich bereits erwähnt habe, scheinen sie alle wirklich glücklich zu sein. Offenbar macht ihnen das, was sie tun, Spaß. Außerdem sind sie sehr zuversichtlich, ohne überheblich zu wirken. Sie scheinen einfach zu wissen, dass die Dinge sich so entwickeln werden, wie sie es möchten. Es mag vielleicht eigenartig klingen, aber ein weiteres Merkmal ist, dass sie alle Glück haben. Sie erleben viele positive Dinge, unerwartete Dinge.«

»Können Sie mir dafür ein konkretes Beispiel geben?«, fragte Casey.

»Ja, ich denke da zum Beispiel an eine Frau, die in der Werbebranche arbeitet, was nach meiner Unterhaltung mit Anne etwas eigenartig erscheint. Jedenfalls versuchte sie einmal einen großen Auftrag zu bekommen. Ich weiß nicht mehr, worum es sich genau handelte, aber ich erinnere mich daran, dass sich viele Konkurrenten schon darum bemüht hatten. Bisher waren alle gescheitert.

Die Frau entschloss sich, den Auftrag an Land zu ziehen. Nachdem sie zwei Wochen lang an ihrer Präsentation gearbeitet hatte, rief ein alter Studienkollege sie an. Sie hatte schon lange nichts mehr von ihm gehört. Während sie Neuigkeiten austauschten, kamen sie auf die Arbeit zu sprechen, und die Frau erwähnte, dass sie sich um diesen Auftrag bemühte. Es stellte sich heraus, dass ihr Studienkollege einen Freund hatte, der genau bei dem Unternehmen arbeitete, das den Auftrag vergab.

Nach ein paar Telefonaten trafen sich die drei zum Abendessen. Und tatsächlich bekam die Frau den Auftrag ein paar Wochen später. Das meine ich damit, wenn ich sage, dass solchen Menschen unerwartete Dinge widerfahren. Sie scheinen einfach sehr viel Glück zu haben.«

»Und warum glauben Sie, ist das so, John?«, fragte Casey.

Ich trank einen Schluck Wasser. »Ich denke eigentlich, dass es sich lediglich um glückliche Zufälle handelt, aber das Eigenartige ist, dass Sie mich aufgefordert haben, an die Menschen zu denken, die das tun, was sie wirklich gerne machen. Es sind diejenigen, die ihre Zeit mit etwas verbringen, das – zumindest soweit ich es beurteilen kann – ihrer Bestimmung entspricht. Diese Menschen erleben ständig solche positiven Dinge.«

Casey sah mich erfreut an. »Erleben nur solche

Leute so etwas? Oder ist Ihnen etwas in dieser Art auch schon einmal passiert?«

»Ich denke schon. Ich kann mich zwar nicht spontan an eine bestimmte Situation erinnern, aber ich weiß, dass es Zeiten gegeben hat, in denen etwas Unerwartetes passierte, und zwar genau dann, als ich es brauchte.«

»John«, begann Casey, »ich habe das Gefühl, wenn Sie sich an die Momente erinnern könnten, in denen Sie so etwas Positives erlebt haben, dann würden Sie eine Verbindung entdecken, etwas, das allen Situationen gemeinsam war.«

»Zum Beispiel, dass es immer zu einer Zeit geschah, in der ich genau das tat, was ich wollte?«, fragte ich. Während ich das sagte, spürte ich, wie ein Schauer mir den Rücken herunterlief.

»Ich kann nicht für Sie speziell sprechen, John, aber durch meine Arbeit hier im Café sind mir einige generelle Dinge bei den Menschen aufgefallen. Diejenigen, die ihren ZDE kennen und die tun, was sie möchten, um ihn zu erfüllen, scheinen sehr glücklich zu sein. Sie erleben unerwartete, scheinbar zufällige Dinge, genau dann, wenn sie es am dringendsten brauchen.

Ich habe ein paar von ihnen dazu befragt. Alle stimmen darin überein, dass es dieses Phänomen gibt, aber nicht viele haben die gleiche Meinung darüber, was die Ursache dafür sein könnte. Um ehrlich zu sein, den meisten ist es nicht sonderlich wichtig, genau zu wissen, wie es dazu kommt. Sie wissen, dass dieses Phänomen auftritt, wenn sie ihrer Bestimmung entsprechend leben, und so ist es für sie eigentlich etwas Normales.«

»Das klingt ein bisschen mystisch«, bemerkte ich.

»Das haben auch einige andere Leute gesagt«, erklärte Casey. »Manche sehen es als Teil des natürlichen Flusses des Universums oder als höhere Kraft, die am Werke ist. Wieder andere empfinden es einfach als Glück. Aber alle sind sich einig, dass es dieses Phänomen gibt und dass es bei dem, was sie tun, eine Rolle spielt.«

»Wie denken Sie darüber, Casey?«, fragte ich.

Dieses Mal war sie es, die einen Moment lang überlegen musste. »Ehrlich gesagt, ich weiß es nicht. Ich denke, alle diese Dinge spielen eine Rolle, und vielleicht noch etwas anderes. Haben Sie je von der Theorie der exponentiellen Steigerung gehört?«

»Ich bin mir nicht sicher. Können Sie mir die Theorie erklären?«

»Natürlich. Sie ist wirklich ziemlich einfach. Ich werde Ihnen ein Beispiel geben. Die Theorie der exponentiellen Steigerung besagt Folgendes: Wenn Sie jemandem etwas erzählen und ihn dazu bringen, es anderen weiterzuerzählen, und wenn diese Menschen es wiederum anderen Leuten erzählen, dann hat Ihre Botschaft bald viel mehr Menschen erreicht als nur diejenigen, mit denen Sie selbst gesprochen haben.«

»So wie bei einem Kettenbrief«, sagte ich, »den man an zehn Leute schickt, die ihn ebenfalls an zehn Leute schicken und so weiter.«

»Genau. Es ist das gleiche Prinzip. Allerdings verschicken Sie hier keinen Kettenbrief, sondern erzählen anderen Menschen davon, was Sie tun, um Ihren ZDE zu erfüllen. Wenn Sie mit zehn Personen sprechen und jede von ihnen ebenfalls mit zehn Personen spricht und sich das Ganze fortsetzt, werden Sie bald eine ganze Reihe von Menschen haben, die Ihnen möglicherweise helfen werden.«

Ich dachte einen Moment darüber nach. »Aber warum sollten sie bereit sein, mir zu helfen? Ich kenne zum Beispiel niemanden, der Kettenbriefe verbreitet. Was sollte die Leute dazu motivieren, mit anderen darüber zu sprechen, was ich zu tun versuche?«

Casey sah mich an, antwortete aber nicht. Ich hatte den Eindruck, dass dies wieder einer der Momente war, in denen ich meine Frage selbst beantworten sollte. Ich überlegte, wie wir auf das Thema der exponentiellen Steigerung gekommen waren. Aber eine Antwort auf meine Frage fiel mir nicht ein. »Ich glaube, ich komme nicht darauf, Casey. Wie wäre es mit einem kleinen Hinweis?«

»John«, fragte sie, »wie ist es für Sie, wenn Sie

mit den Menschen zu tun haben, die sich bemühen, ihren ZDE zu erfüllen?«

»Es ist großartig. Man wird automatisch von ihrer Leidenschaft und Begeisterung für das, was sie tun, angesteckt. Man hat das Gefühl, dass man sie unterstützen möchte.«

Ich hielt inne. »Also nein, Casey! Soll das die Antwort sein? Was hat das denn mit der Botschaft zu tun, die weitererzählt wird?«

»John, Sie haben gerade gesagt, dass die Leidenschaft und Begeisterung dieser Leute bei Ihnen das Gefühl auslöst, sie unterstützen zu wollen. Wenn Sie selbst ihnen nicht helfen könnten, aber Leute kennen würden, die in der Lage dazu wären, würden Sie Kontakt mit diesen aufnehmen?«

»Natürlich«, sagte ich. »Es hat mit der Leidenschaft und Begeisterung der Leute zu tun. Sie scheinen so …«, ich suchte nach den richtigen Worten.

»… auf dem richtigen Weg zu sein?«, fragte Casey.

»Ja, genau das wollte ich sagen. Sie scheinen so sehr auf dem richtigen Weg zu sein, dass man ihnen einfach helfen möchte.«

»Und wenn Sie anderen Menschen, die möglicherweise helfen könnten, von ihnen erzählen, wie sprechen Sie dann von diesen Leuten?«, wollte Casey wissen.

Ich lächelte halb mir selbst und halb Casey zu. »Ich spreche mit einer ähnlichen Leidenschaft und

Begeisterung über sie, mit der sie mir ursprünglich begegnet sind. Es ist ansteckend und beinahe so, als hafte dieses Gefühl dem Bericht über diese Menschen an.«

»Vielleicht ist das Ihre Antwort«, sagte Casey. Sie stand auf und räumte das restliche Geschirr ab. »Ich bin beeindruckt, John«, sagte sie mit den leeren Tellern in den Händen, »Sie müssen wirklich hungrig gewesen sein.«

»Es liegt am Essen«, antwortete ich, »es ist zu gut, um es zurückgehen zu lassen.«

Ich blickte zur Küche und sah Mike. Er winkte mir zu und ich winkte zurück. Dieses Mal kam es mir weniger komisch vor, einem Koch in einem Restaurant zuzuwinken. »Casey, Sie hätten nicht zufällig noch ein Stück von dem Erdbeer-Rhabarber-Kuchen übrig?«

Sie lachte. »Ich werde mal sehen, was sich machen lässt.«

**12** Ein paar Minuten später kam Mike an meinen Tisch. In seiner Hand balancierte er einen Teller mit einem Stück Kuchen, das groß genug für vier Leute war. »Ein Stück Erdbeer-Rhabarber-Kuchen?«, fragte er.

»Mike, das ist beinahe der halbe Kuchen. Ich bin nicht sicher, dass ich das alles schaffe.«

»Lassen Sie sich Zeit, es eilt ja nicht.« Er legte eine neue Serviette und eine Kuchengabel auf den Tisch. »Wie war Ihre Unterhaltung mit Casey?«

Ich hatte mittlerweile schon eine viel zu volle Gabel mit Kuchen in den Mund geschoben und kaute eifrig. Daher wendete ich die Einen-Finger-in-die-Luft-heben-Methode an, die ich schon früher am Abend eingesetzt hatte, spülte den Bissen mit etwas Wasser hinunter und antwortete dann.

»Es war interessant, sehr interessant. Wir haben über Leute gesprochen, die für sich die veränderte Version dieser Frage beantwortet haben«, sagte ich und deutete auf die Karte.

Für einen Moment veränderte sich der Wortlaut

auf der Karte zu »Warum bin ich hier?«. Dann verwandelte er sich langsam wieder in »Warum bist du hier?«. Ich hielt es nicht einmal für nötig, die Veränderung zu erwähnen.

»Genau, diese«, sagte ich. »Die Menschen scheinen einige Eigenschaften gemeinsam zu haben. So wissen sie offenbar, warum sie hier sind. Sie haben herausgefunden, welche Dinge sie tun möchten, um dieser Bestimmung gerecht zu werden. Darüber hinaus sind sie absolut zuversichtlich, dass sie in der Lage sind, diese Dinge zu tun. Und wenn sie versuchen, sie zu tun, treten bestimmte Ereignisse auf, die ihnen helfen, erfolgreich zu sein. Casey hat mir außerdem ein paar Theorien erklärt, die einige Leute darüber haben.«

Mike grinste. »Da wird viel spekuliert. Schon seit langer Zeit. Das geht möglicherweise bis zu den ältesten Philosophen zurück.«

»Eine Sache ist mir noch etwas unklar, Mike. Warum versucht nicht jeder, seinen ZDE herauszufinden? Was hält die Leute davon ab? Und bevor Sie mir antworten, ich weiß, dass ich mich fragen sollte, warum ich selbst es noch nicht getan habe. Als Sie eben zu mir kamen, habe ich mich gerade damit auseinandergesetzt. Aber mich würde interessieren, ob es eine größere, umfassendere Ursache gibt als meine persönlichen Gründe.«

Mike nahm einen Schluck aus der Tasse, die er in

der Hand hielt, und stellte sie dann auf den Tisch. »Sicher hat jeder von uns seine eigenen Gründe«, begann er. »Und diese Gründe muss jeder für sich klären, da sie mit seiner persönlichen Situation zu tun haben. Aber es gibt ein paar übergeordnete Punkte, die dominant zu sein scheinen.«

»Als da wären?«

»Nun, manche Leute sind der Vorstellung, dass ihr Leben einen bestimmten Sinn hat, einfach nie begegnet. Andere verstehen das Prinzip, sind sich aber nicht sicher, ob ihr Leben einen bestimmten Zweck erfüllt. Dann gibt es Menschen, die aufgrund ihrer Erziehung, des Umfelds, in dem sie leben, oder vielleicht aufgrund religiöser Überzeugungen glauben, dass sie nicht das Recht haben, ihren ZDE zu erfüllen. Sogar Menschen, die spüren, dass sie einen ZDE haben, und die denken, dass sie das Recht haben, ihn zu erfüllen, glauben manchmal nicht, dass sie dies umsetzen können.

Es hat mit einem Aspekt zu tun, über den Sie sich mit Anne unterhalten haben. Viele Menschen verdienen ihren Lebensunterhalt damit oder ziehen Einfluss daraus, andere davon zu überzeugen, dass entweder sie selbst oder etwas, das sie tun oder verkaufen, der Schlüssel zur Erfüllung ist. Stellen Sie sich vor, wie schwer sie es hätten, wenn die Menschen erkennen würden, dass jeder selbst den Grad seiner Erfüllung kontrolliert. Die Leute, die andere von ihrer

Sache überzeugen wollen, würden ihre Macht verlieren. Was für sie keine sehr verlockende Vorstellung ist.«

»Das erinnert mich an ein Gespräch, das Casey und ich früher am Abend hatten«, sagte ich. »Sie hat mir geholfen zu verstehen, dass jemand, der seine Bestimmung kennt, sofort damit beginnt, entsprechend zu handeln – egal, was es ist. Solch ein Mensch benötigt keine Erlaubnis oder Zustimmung von anderen.«

»Das stimmt«, sagte Mike. »Und außerdem kann niemand einen Menschen daran hindern oder ihn in die Lage versetzen, all das zu erreichen und zu tun, was er im Leben möchte. Wir alle bestimmen unser Schicksal selbst.«

Ich dachte darüber nach, was Mike gerade gesagt hatte, sowie darüber, was ich vorher mit Casey und Anne besprochen hatte. »Was Sie beschreiben, unterscheidet sich stark von den Botschaften, die ich jeden Tag sehe und höre. Ich verstehe, warum es den Menschen schwerfällt, auch nur den Gedanken zuzulassen, dass sie in der Lage sind, ihre Bestimmung zu erkennen und ihr eigenes Schicksal zu kontrollieren, ganz zu schweigen davon, die nächsten Schritte zu tun und ihre Vorstellungen vom Leben tatsächlich umzusetzen.«

»Genau«, sagte Mike. »Aber es ist nicht unmöglich. Vor ein paar Wochen hat ein Gast Casey und mir

eine interessante Geschichte darüber erzählt, wie er gelernt hat, sein eigenes Schicksal zu kontrollieren. Wenn Sie möchten, schildere ich Ihnen seine Erlebnisse.«

»Unbedingt. Hat die Geschichte wieder mit Fischern zu tun?«

Mike lachte. »Nein, dieses Mal nicht, aber sie hat mit Sport zu tun. Dieser Mann hatte jahrelang einen wiederkehrenden Traum, in dem er einen sehr schwierigen Schlag beim Golf ausführen musste. Er erklärte uns, dass er im Wachzustand kein guter Golfer ist, daher war es besonders frustrierend für ihn, im Schlaf vor dieser Aufgabe zu stehen. In seinem Traum lag der Ball, den er treffen musste, auf einem Fenstersims oder auf einem großen, schräg nach unten abfallenden Felsen oder an einem ähnlich abwegigen und schwierigen Ort.

Der Mann versuchte immer wieder, einen guten Stand zu bekommen und den Schlag probehalber in der Luft auszuführen, aber es gelang ihm nie richtig, und er wusste, dass der Schlag miserabel werden würde. Je mehr Schläge er zur Probe unternahm, desto verkrampfter und gestresster wurde er.

Als seine Frustration am größten war, spürte er schließlich, dass er bereit war, abzuschlagen. Aber als er den Schläger nach hinten führte, veränderte sich die Position des Golfballs, und er sah sich einer neuen, ebenso schwierigen Herausforderung gegenüber. Wieder bauten sich seine Anspannung und das Stressgefühl auf. Dieser Ablauf wiederholte sich so lange, bis er schließlich völlig fertig und mit klopfendem Herzen aufwachte.

Eines Nachts hatte er wieder den gleichen Traum, aber an dem Punkt, an dem er normalerweise am frustriertesten war, erkannte er plötzlich, dass er den Ball einfach nehmen und an einen anderen Platz legen konnte. Es ging um nichts, und keiner außer ihm selbst scherte sich darum, von welchem Ort er den Ball abschlug.

Er wachte mit dem unglaublich starken Gefühl auf, eine wichtige Erkenntnis gewonnen zu haben, die ihm auf einmal so offensichtlich erschien, es vorher aber ganz und gar nicht gewesen war. Am Ende unseres Gesprächs erklärte er mir, was er gelernt hatte.

›*Trotz allem, was uns beigebracht wird und was wir glauben sollen, trotz allem, was wir in der Werbung hören oder was wir empfinden, wenn wir in der Arbeit gestresst sind – wir alle kontrollieren jeden Moment unseres Lebens selbst. Ich hatte das vergessen. So ließ ich zu, dass alles Mögliche mein Leben beeinflusste, und versuchte mich entsprechend anzupassen.*

*Niemand kümmerte sich darum, von welchem Platz ich den Golfball abschlug, außer mir selbst. Und genauso ist es in unserem Leben. Nur Sie alleine wissen wirklich, was Sie mit Ihrem Leben anfangen wollen. Lassen*

*Sie niemals zu, dass andere Dinge oder Menschen Sie an einen Punkt bringen, an dem Sie das Gefühl haben, Ihr eigenes Schicksal nicht länger bestimmen zu können. Ergreifen Sie die Initiative und wählen Sie Ihren Weg selbst, sonst tun andere es für Sie. Legen Sie den Golfball einfach an einen anderen Platz.‹«*

Mike sah mich an. »Sehen Sie, keine Fischer.«

»In der Tat, keine Fischer, aber es ist trotzdem eine tolle Geschichte. Mir gefällt die Botschaft, die darin enthalten ist.«

»Sie hat auch dem Mann gefallen. Er sagte, die Botschaft im Traum habe sein Leben verändert. Von diesem Zeitpunkt an wusste er, dass er sein eigenes Schicksal bestimmen konnte. Wenn er heute in eine Situation gerät, in der er nicht sicher ist, was er tun soll, fordert er sich selbst dazu auf, den Golfball an einen anderen Platz zu legen. Allein die Tatsache, dass er die Worte ausspricht, erinnert ihn daran, keine Angst zu haben und zu tun, was immer er möchte.«

**13** Ich sah auf meine Uhr. Es war 5.15 Uhr morgens. »Ich kann es nicht glauben«, sagte ich, »es ist schon fast wieder an der Zeit, ein Frühstück zu bestellen.«

Mike lächelte. »Vielleicht möchten Sie vorher aber noch Ihren Kuchen aufessen.«

»Keine leichte Aufgabe«, sagte ich und schob mir eine weitere Gabel in den Mund. Als ich zu Ende gekaut hatte, wendete ich mich Mike zu. »Es gibt eine Sache, bei der ich immer noch unsicher bin. Ich habe sowohl mit Ihnen als auch mit Casey darüber gesprochen, aber ich habe noch keine Antwort darauf.«

Mike sah mich schelmisch an. »Oh, es tut mir leid, John, aber das Kuchenrezept ist ein Geheimnis. Es ist die einzige Information, die wir Ihnen hier nicht geben können.«

Ich grinste. »Das kann ich Ihnen nicht verdenken. Zum Glück suche ich eine andere Antwort. Wir haben über Menschen gesprochen, die sich gefragt haben ›Warum bin ich hier?‹, und Casey und ich haben erörtert, welche Auswirkungen das hat und was die Menschen tun können, sobald sie die Antwort kennen. Was ich aber immer noch nicht weiß, ist …«

»… wie Sie die Antwort auf die Frage finden können«, sagte Mike.

»Genau.«

»Ich denke, da rufe ich lieber Casey her. Vielleicht können wir Ihnen gemeinsam besser antworten als einer von uns alleine.« Mike stand auf und ging zu Casey hinüber, die sich mit Anne und ihrem Freund unterhielt.

Anne und ihr Freund. Ich fragte mich, ob sie ebenfalls einige dieser Fragen erörterten.

Gleich darauf kamen Casey und Mike zu mir herüber.

»Wie schmeckt der Kuchen?«, erkundigte sich Casey, als sie meine Sitznische erreichte.

»Ausgezeichnet«, sagte ich grinsend. »Ich bin fast satt.«

»John hat mich gefragt, wie man die Antwort darauf findet«, sagte Mike und deutete erneut auf die Frage »Warum bist du hier« auf der Rückseite der Speisekarte, die sich zu »Warum bin ich hier?« veränderte. »Ich dachte, wir beide könnten vielleicht gemeinsam versuchen, seine Frage zu beantworten.«

»Das klingt gut«, sagte Casey, während sie und Mike sich setzten.

Ich griff nach meinem Wasser und merkte nicht, wie Casey Mike zuzwinkerte.

Casey sah mich an und fragte mich mit sehr ernster Stimme: »Haben Sie einen Briefkasten, John?«

»Natürlich.«

»Beim ersten Vollmond, der auf den siebten Tag des Monats fällt, nachdem Sie die Frage gestellt haben, werden Sie ein kleines Päckchen in Ihrem Briefkasten finden. In diesem Päckchen befindet sich ein Dokument. Wenn man es über eine Kerze hält, wird darauf eine versteckte Botschaft erscheinen, die von den Menschen stammt, die die Antwort kennen. Man kann die Botschaft nur einmal in seinem Leben lesen und nur bei Kerzenlicht, und es muss am siebten Tag geschehen.«

Ich hörte auf zu trinken und beugte mich nach vorne, um zu hören, was sie noch zu sagen hatte.

»Wenn Sie das Päckchen öffnen, werden Sie wissen, dass es das richtige ist, da es mit einem roten Band und einer doppelten Schleife verschnürt sein wird, bei der …«

An diesem Punkt bemerkte ich, dass der Tisch sich bewegte … er schien zu vibrieren. Ich drückte mich gegen die Rückenlehne meines Sitzes.

»Was geschieht hier, Casey?«, fragte ich überrascht. »Der Tisch …«

Casey fuhr fort, als merke sie nicht, dass der Tisch wackelte. »… bei der die größere Schleife mindestens doppelt so groß ist wie die kleinere. Außerdem befindet sie sich in der oberen linken Ecke des Päckchens.«

Ich blickte zu Mike. Überrascht und etwas verlegen erkannte ich, dass der vibrierende Tisch kein Zeichen aus dem Jenseits war, wie ich langsam geglaubt hatte. Stattdessen wurde die Bewegung durch Mike verursacht. Caseys Erzählung hatte ihn so sehr erheitert, dass er seinen Mund mit seiner Hand bedeckte, um sein Lachen zu verbergen, und sich schwer auf dem Tisch aufstützte. Das Lachen ließ seinen ganzen Körper beben, was sich auf den Tisch übertrug.

Ich begann ebenfalls zu lachen. Casey wendete sich Mike zu und boxte ihn spielerisch gegen die Schulter.

»Du bist nicht gerade ein guter Komplize«, sagte sie lächelnd.

»Es tut mir leid«, sagte Mike. »Du warst einfach so überzeugend. Ich konnte mich nicht beherrschen.«

»O.k.«, sagte Casey, »ich habe mir bei der Antwort auf Ihre Frage etwas kreative Freiheit erlaubt, John.«

»›Etwas‹«, sagte Mike, »ich würde sagen, das war absolut frei erfunden. Mit einer doppelten Schleife, bei der …«, Mike hörte prustend auf, Casey zu imitieren, und wir fielen alle in sein Lachen ein.

»Sie sind eine gute Geschichtenerzählerin, Casey«, sagte ich. »Aber ich befürchte, Sie haben meine Frage immer noch nicht beantwortet.«

»Ich wollte etwas Spaß machen«, sagte sie, »aber gleichzeitig habe ich versucht, es auf den Punkt zu bringen. Einige Menschen stellen sich die Frage und sie möchten auch die Antwort darauf wissen, aber sie wünschen sich, dass etwas oder jemand anderer ihnen die Antwort liefert.«

»In einem Päckchen, das am siebten Tag des Monats eintrifft«, sagte ich schmunzelnd.

»Richtig, am siebten. Genauso wie wir frei entscheiden können, was wir tun möchten, sobald wir die Antwort kennen, liegt es auch in unserer Macht, die Antwort zu finden.«

»Das heißt also«, sagte ich, »dass man nicht einfach abwarten kann, nachdem man den ersten Schritt gemacht hat. Wenn jemand wirklich wissen möchte, warum er hier ist, muss er die Antwort selbst herausfinden.«

»Genauso ist es«, sagte Mike. »Und die Menschen tun das auf unterschiedliche Weise. Manche meditieren darüber, andere hören ihre Lieblingsmusik und beobachten, wohin ihre Gedanken sie führen. Viele Menschen verbringen Zeit in der Natur, und andere wiederum unterhalten sich mit Freunden oder Fremden über dieses Thema. Manche Menschen finden die Antwort auch durch Ideen und Geschichten, die sie in Büchern lesen.«

»Können Sie mir eine Empfehlung geben, welche Methode am besten funktioniert?«, fragte ich.

Casey wendete sich mir zu. »Es hängt wirklich vom einzelnen Menschen ab, John. Wichtig ist, sich daran zu erinnern, dass nur jeder Einzelne selbst die Antwort finden kann, die für ihn zutrifft. Deshalb verbringen viele Menschen etwas Zeit alleine, während sie die Antwort suchen.«

»Das kann ich verstehen«, sagte ich. »Es ist schwer, sich auf etwas zu konzentrieren, wenn man von überall mit Informationen und Botschaften zugeschüttet wird.«

»Richtig«, sagte Mike. »Wenn Menschen sich Zeit nehmen, um zu meditieren oder alleine in der Natur zu sein, versuchen sie in der Regel, vom äußeren ›Lärm‹ fortzukommen, damit sie sich darauf konzentrieren können, was *sie* wirklich denken.«

»Ist das alles?«, fragte ich.

»Nicht ganz«, antwortete Casey. »Erinnern Sie sich daran, dass wir darüber gesprochen haben, wie wertvoll es ist, andere Ideen, Kulturen, Perspektiven, Menschen und so weiter kennen zu lernen?«

»Sicher, es war, als wir erörtert haben, wie ein Mensch die verschiedenen Dinge herausfinden kann, die seiner Bestimmung entsprechen.«

»Genau«, antwortete Casey. »Das gleiche Prinzip gilt für Menschen, die herausfinden wollen, wie ihr ZDE aussieht. Manche stellen fest, dass einige neue Ideen und Erfahrungen in ihrem Inneren auf Resonanz stoßen. Viele Menschen erleben dabei sogar eine körperliche Reaktion. Es läuft ihnen kalt den Rücken herunter, sie fühlen sich wie elektrisiert oder weinen Freudentränen, wenn sie etwas erfahren, mit dem sie wirklich etwas anfangen können. Bei anderen stellt sich das Gefühl einer tiefen Erkenntnis ein. Diese Anzeichen können den Menschen dabei helfen, die Antwort auf die Frage zu erkennen, warum sie hier sind.«

»Ich weiß, wovon Sie sprechen«, sagte ich. »Ich habe das bereits erlebt, wenn ich etwas gelesen oder gehört habe und einfach wusste, dass es für mich das Richtige war. Um ehrlich zu sein, ich hatte heute Nacht einige solcher Momente.«

Casey sah mich verschmitzt an. »Dann haben wir Ihre Frage also beantwortet?«

»Ich denke ja. Wenn ich Sie richtig verstehe, dann gibt es kein Patentrezept, das bei jedem funktioniert. Aber eine Möglichkeit besteht darin, eine Situation zu schaffen, in der man sich auf die Frage konzentrieren kann. Und es kann ebenfalls funktionieren, wenn man sich verschiedenen Erfahrungen aussetzt, neue Ideen kennen lernt und seine eigenen Reaktionen darauf beobachtet.«

»Sie haben es erfasst«, sagte Mike.

Casey stand vom Tisch auf. »Ich sehe mal nach unseren anderen Gästen. Brauchen Sie noch irgendetwas anderes, John?«

»Ich denke nicht, Casey, danke.«

Sie strahlte mich an. »Gern geschehen.«

**14** »Wohin wollten Sie eigentlich fahren, als Sie hier Halt machten?«, fragte mich Mike, als Casey sich vom Tisch entfernte.

»Ich fahre gerade in den Urlaub. Ich hatte das Gefühl, eine Zeit lang von allem fortkommen zu müssen. Ich wollte Gelegenheit zum Nachdenken haben, obwohl ich nicht genau wusste, worüber. Ich muss allerdings sagen, in den letzten …«, ich sah auf meine Uhr, »… den letzten acht Stunden habe ich einige sehr gute Anregungen erhalten, worüber ich mir Gedanken machen könnte.

Darf ich Ihnen eine persönliche Frage stellen, Mike?«

»Ja gerne. Wie lautet sie?«

»Was hat Sie dazu veranlasst, die Fragen auf der Karte zu stellen?«

Mike lehnte sich in seinem Sitz zurück, und ein schelmisches Lächeln schlich sich in sein Gesicht. »Was macht Sie so sicher, dass ich es war?«

»Sie, Ihr Verhalten, dieser Ort. Ich weiß es nicht

sicher, aber ich habe das Gefühl, dass Sie genau das tun, was Sie tun möchten. Ich nehme an, Sie haben sich diese Fragen an irgendeinem Punkt Ihres Lebens gestellt, und dieses Café ist das Ergebnis.«

Mike nahm einen Schluck aus seiner Tasse und begann zu sprechen. »Vor einigen Jahren führte ich ein ziemlich hektisches Leben. Abends ging ich zur Universität, da ich ein Aufbaustudium machte. Tagsüber arbeitete ich in einem Vollzeitjob, und jede restliche freie Minute trainierte ich, da ich Profisportler werden wollte. Zweieinhalb Jahre lang war jeder Moment meines Lebens verplant.

Nachdem ich mein Aufbaustudium abgeschlossen hatte, kündigte ich meine Arbeit und nahm mir den Sommer über frei, da ich für Anfang September bereits einen neuen Job gefunden hatte. Ich entschloss mich, zusammen mit einem Kumpel, der ebenfalls sein Studium beendet hatte, nach Costa Rica zu fahren, um unseren Abschluss zu feiern.

Wochenlang bereisten wir das Land. Wir wanderten durch den Regenwald, beobachteten die Tiere und tauchten in eine neue Kultur ein. Eines Tages saßen wir auf einem Baumstamm, aßen frische Mangos und beobachteten, wie die Wellen sich an dem unglaublich schönen Strand brachen. Wir waren den ganzen Nachmittag im warmem Wasser gesurft und entspannten uns nun. Als die Sonne unterzugehen begann, färbte sich der Himmel von einem klaren Blau in rosa- und orangefarbene Töne, bis er schließlich tiefrot war.«

»Das klingt ziemlich spektakulär«, bemerkte ich.

»Das war es auch. Ich erinnere mich daran, dass ich das ganze Schauspiel beobachtete und zu folgender Erkenntnis kam: Während der letzten zweieinhalb Jahre war jede Minute meines Lebens verplant gewesen. In dieser Zeit hatte sich dieses Schauspiel jeden Tag wiederholt. Das Paradies war nur ein paar Flugstunden und einige Kilometer auf ungeteerten Straßen entfernt gewesen, und ich hatte nicht einmal gewusst, dass es existierte. Ich erkannte außerdem, dass es nicht nur die letzten zweieinhalb Jahre existiert hatte, in denen ich so beschäftigt gewesen war. Seit Millionen, wenn nicht sogar Milliarden von Jahren geht die Sonne dort unter, und die Wellen brechen sich dort auf dem Strand.

In diesem Moment fühlte ich mich sehr klein. Meine Probleme, die Dinge, die mich gestresst hatten, meine Sorgen über die Zukunft schienen allesamt völlig unwichtig zu sein. Egal, was ich in meinem Leben tat oder nicht tat, ob meine Entscheidungen richtig oder falsch waren, die Welt würde noch lange existieren, nachdem ich nicht mehr am Leben war.

Ich saß da und sah mich dieser unglaublichen Schönheit und Erhabenheit der Natur sowie meiner Erkenntnis gegenüber, dass mein Leben ein winzig kleines Element von etwas viel Größerem war, und in

diesem Moment traf mich plötzlich der Gedanke, *Warum bin ich eigentlich hier?* Wenn alle Dinge, die ich für so wichtig gehalten habe, es in Wirklichkeit gar nicht sind, was ist dann wichtig? Was ist der Sinn und Zweck meiner Existenz? Warum bin ich hier?

Sobald ich mir diese Fragen gestellt hatte, erlebte ich etwas Ähnliches, wie Casey es Ihnen beschrieben hat. Die Fragen begleiteten mich ständig, bis ich die Antworten darauf gefunden hatte.«

Ich ließ mich wieder in meinen Sitz sinken. Während Mikes Erzählung hatte ich mich unwillkürlich nach vorne gebeugt, um ja nichts zu verpassen.

»Danke, Mike. Das ist eine tolle Geschichte.«

»Das ganze Leben ist eine tolle Geschichte, John! Einige Menschen erkennen bloß nicht, dass sie selbst die Autoren sind und die Geschichte so schreiben können, wie sie es möchten.«

Mike erhob sich. »Ich werde nun in die Küche gehen, um ein bisschen aufzuräumen. Brauchen Sie noch irgendetwas, John?«

»Nein, ich denke, ich werde mich bald auf die Socken machen. Übrigens, ich hatte mich ziemlich verfahren, als ich hierherkam. Ich weiß nicht genau, in welche Richtung ich von hier aus fahren muss.«

Mike lächelte. »Nun, das hängt davon ab, wo Sie hinmöchten.«

Er wollte gerade noch etwas sagen, doch dann zögerte er, als würde er es sich noch mal überlegen.

Als er wieder sprach, äußerte er offensichtlich einen anderen Gedanken. »Wenn Sie auf der Straße ein paar Meilen weiterfahren, kommen Sie an eine Kreuzung. Biegen Sie dort rechts ab, dann kommen Sie wieder auf den Highway. Vor der Auffahrt befindet sich eine Tankstelle. Sie haben noch genug Benzin, um dorthin zu kommen.«

Mir war nicht klar, woher er wissen konnte, dass das Benzin reichte, aber ich war mir sicher, dass er Recht hatte. Ich stand auf und streckte ihm meine Hand hin.

»Danke, Mike. Sie haben hier einen ganz besonderen Ort geschaffen.«

Er nahm meine Hand und schüttelte sie.

»Gern geschehen, John. Viel Glück auf Ihrer Reise.« Und damit drehte er sich um und ging davon.

**15** Ich schaute auf die Speisekarte

WARUM BIST DU HIER?

HAST DU ANGST VOR DEM TOD?

FÜHRST DU EIN ERFÜLLTES LEBEN?

Dies waren tiefgründige Fragen. Hätte mir jemand diese Fragen einen Tag vorher gestellt, wäre ich davon überzeugt gewesen, dass dieser Mensch nicht im Vollbesitz seiner geistigen Kräfte war. Doch als ich nun die Rückseite der Speisekarte las, erschien es mir selbstverständlich, mich mit diesen Fragen zu befassen.

Casey kam an meinen Tisch, legte meine Rechnung darauf und gab mir eine Schachtel. »Es ist das letzte Stück Erdbeer-Rhabarber-Kuchen. Ein Abschiedsgeschenk von Mike.

Und das ist von mir«, sagte sie, und reichte mir eine Speisekarte. Auf die Vorderseite, unter den Worten *Das Café der Fragen,* hatte Casey eine Nachricht für mich geschrieben. Ich las sie und dann las ich sie noch einmal.

»Eine Kleinigkeit zur Erinnerung an uns«, sagte sie und lächelte.

»Danke, Casey. Danke für alles.«

»Gern geschehen, John. *Dafür sind wir hier*.«

Ich legte etwas Geld auf den Tisch, nahm die Karte und die Schachtel mit dem Kuchen und trat aus dem Café hinaus in einen beginnenden neuen Tag.

Die Sonne ging gerade über den Bäumen auf der Wiese jenseits des Kiesparkplatzes auf. In der Luft lagen gleichzeitig die letzte Stille, die dem Beginn eines neuen Tages vorausgeht, sowie die Geräusche eines Tages, der bereits angebrochen ist.

Ich fühlte mich erholt und lebendig. Ich nahm die Schachtel von meiner rechten in die linke Hand und öffnete die Tür meines Autos.

»Warum bin ich hier?«, dachte ich, »warum bin ich hier …?«

Es war in der Tat ein ganz neuer Tag.

**Epilog** Nach dieser Nacht im Café veränderte sich vieles für mich. Diese Veränderungen trafen mich nicht plötzlich wie ein Blitz aus heiterem Himmel, aber was ihren Einfluss auf mein Leben anbelangt, brachten sie schließlich mindestens genauso viel Energie und Dynamik mit sich.

Wie Anne ließ ich es langsam angehen. Ich verließ das Café und fragte mich »Warum bin ich hier?«. Über diese Frage dachte ich während meines restlichen Urlaubs nach. Die Antworten fand ich nicht alle in dieser Woche. Ich stellte fest, dass es nicht reichte, im Urlaub nachzudenken und dann in mein gewohntes Leben zurückzukehren, wenn ich meine Bestimmung beziehungsweise meinen ZDE, wie Casey es nannte, ermitteln wollte. Wie bei den meisten Dingen, die zu wissen sich lohnt, bedurfte es einiger Anstrengung, um die Antwort zu finden.

Letzten Endes fand ich sie durch eine Kombination verschiedener Methoden, die Casey und Anne mir empfohlen hatten. Ich begann damit, den Dingen, die ich gerne tat, jeden Tag etwas Zeit zu widmen. Das ähnelte der Technik, die auch Anne angewendet hatte. Dann versuchte ich, die Möglichkeiten zu nutzen, von denen Casey gesprochen hatte. Ich suchte nach Gelegenheiten, etwas Neues zu lernen und auszuprobieren. Das half mir, meinen Horizont bezüglich möglicher Gründe, warum ich hier bin, zu erweitern, so dass er nicht mehr so klein war wie zu Beginn meiner Reise.

Schließlich kristallisierten sich mein ZDE und die Art und Weise, wie ich ihn erfüllen möchte, heraus. Ironischerweise war ich nun mit der größten Schwierigkeit konfrontiert. Wenn man vor der Entscheidung steht, ein Leben zu führen, das der eigenen Bestimmung entspricht, oder so weiterzuleben wie bisher, sollte man eigentlich annehmen, dass einem die Wahl leichtfällt. Aber so ist es nicht.

Im Laufe der Zeit habe ich beobachtet, dass die meisten Menschen ihre Reise an diesem Punkt beenden. Sie spähen durch ein Loch im Zaun und können deutlich das Leben erkennen, das sie gerne haben würden, aber aus allen möglichen Gründen öffnen sie das Tor nicht und gehen nicht auf dieses Leben zu.

Anfangs war ich deswegen sehr betrübt. Aber wie Mike schon sagte, treffen Menschen diese Entscheidung zu den unterschiedlichsten Zeiten. Manche treffen sie als Kinder, manche später und manche tun es nie. Diese Entscheidung lässt sich nicht herbeizwingen, und es kann nie die Entscheidung eines anderen Menschen sein, sondern nur die eigene.

Ich konnte das Tor aufgrund der Erkenntnis öffnen, dass »man nicht befürchten kann, keine Möglichkeit mehr zu haben, etwas zu tun, wenn man es bereits getan hat oder es jeden Tag macht«. Dies ist nun eins der grundlegenden philosophischen Prinzipien, nach denen ich mein Leben gestalte.

Es vergeht kein Tag, an dem ich nicht an etwas denke, das mit dem Café zu tun hat. Jedes Mal, wenn ich meinen Briefkasten öffne und ihn mit Werbung gefüllt sehe, die ich nicht brauche, erinnere ich mich an Casey und ihre Geschichte von der grünen Meeresschildkröte. Die auf das Land zurollende Welle ist ständig präsent, bereit, meine Zeit und Energie zu rauben. Aber jetzt weiß ich, dass sie existiert, und ich spare mir meine Kraft für die ins offene Meer zurückströmenden Wellen auf.

Ich denke auch oft an Mikes Geschichte darüber, wie er am Strand in Costa Rica saß. Aus einer übergeordneten Perspektive sind unsere Sorgen, Ängste, Erfolge und Verluste ziemlich nichtig. Doch wenn wir uns unserer scheinbaren Bedeutungslosigkeit gewahr werden, erkennen wir einen größeren Sinn.

Ich bedaure keineswegs, dass ich mein Leben verändert habe. Ich bedaure lediglich, dass ich es nicht schon früher getan habe. Ich nehme an, dass ich vor dieser Nacht im Café einfach noch nicht bereit dazu war.

Nun, da ich herausgefunden habe, warum ich hier bin, und mein Leben so gestalte, dass ich dieser Bestimmung gerecht werde, würde ich nie mehr zu einem Leben auf der anderen Seite des Tors zurückkehren.

## Das Geschenk

Der alte Mann blickte durch das Fenster des Cafés. Er konnte rote Sitznischen mit Tischen erkennen; dahinter erstreckte sich fast über die gesamte Länge des Raums eine lange silberne Theke mit Barhockern davor. Die Theke war weihnachtlich geschmückt: grüne Girlanden und rote Schleifen, silberne Glocken und kleine Weihnachtsfiguren. Ein Stück weiter hinten im Café blinkten die Lichter an einem Weihnachtsbaum in einem langsamen Rhythmus.

Das Licht in dem Café war gedämpft, so als würde es bald schließen. Allerdings befand sich an der Tür ein Schild mit der Aufschrift »Geöffnet«, und er konnte Kaffeetassen und eine dampfende Kaffeekanne sehen, die auf einer Anrichte hinter dem Tresen standen.

Er zog die Tür auf und ging hinein. Ein Schwall warmer Luft hüllte ihn ein. Es war eine willkommene Abwechslung zu der frostigen Kälte draußen. Als er sich umsah und feststellte, dass keine anderen Gäste da waren, wollte er beinahe wieder gehen.

»Wie gut kann es schon sein, wenn sonst niemand hier ist?«, dachte er bei sich.

Aber er nahm den feinen Kaffeeduft wahr. Außerdem war er müde, ihm war kalt und in diesem Moment wollte er sich eigentlich nur hinsetzen, sich aufwärmen und eine Weile alleine sein.

»Hallo Max«, sagte eine Stimme.

Er drehte sich abrupt um. Er hatte sich die Kaffeekanne angesehen und war überrascht, plötzlich eine Stimme zu hören. Dabei ließ er die Zeitung und den Schlüsselbund fallen, die er in der Hand gehalten hatte. Er bückte sich, um seine Sachen aufzuheben, und als er sich wieder aufrichtete, betrachtete er die Person, die seinen Namen gesagt hatte. Es war eine Frau. Aufgrund ihrer Kleidung nahm er an, dass sie an diesem Ort arbeitete.

»Woher kennen Sie meinen Namen?«, fragte er mit einem leicht misstrauischen Unterton.

Lächelnd deutete die Frau auf die Schlüssel in seiner Hand. »Er steht auf Ihrem Schlüsselanhänger«, antwortete sie.

Er warf einen Blick auf den Schlüsselbund in seiner rechten Hand. Es stimmte. Ein kleiner, rechteckiger goldener Anhänger mit der Aufschrift »Max« baumelte daran. Er hatte ihn vor langer Zeit auf einem Flohmarkt erworben, und seitdem hing er an seinem Schlüsselbund.

Max verstand nicht, wie es der Bedienung gelungen war, ihn zu sehen, da die Zeitung ihn eigentlich verdeckt hatte. Das irritierte ihn irgendwie.

»Haben Sie geöffnet?«, fragte er unwirsch.

Die Frau nickte langsam und lächelte erneut. »Ich werde in einer Weile schließen. Aber Sie können gerne Platz nehmen.«

Max nickte und rutschte in die nächste Sitznische. Irgendetwas an der Bedienung verunsicherte ihn. Aber es tat ihm gut, nach der Kälte draußen seine Zehen wieder zu spüren. Und er wollte gerne einen Kaffee trinken.

»Kaffee?«, fragte sie und griff nach der Kanne.

Er nickte. »Gern. Schwarz. Kein Zucker. Keine Milch. Einfach schwarz.«

Sie nahm eine Tasse und kam zu seinem Tisch herüber.

»Warum sind Sie hier?«, fragte er, als sie die Tasse abstellte und den Kaffee einschenkte.

Angesichts dieser Frage schmunzelte sie.

»Wie meinen Sie das?«

»Ich bin schon sehr oft an diesem Gebäude vorbeigegangen und habe dieses Café noch nie zuvor gesehen. Hier drinnen sieht alles nagelneu aus. Außerdem ist heute Weihnachten. Haben Sie keinen Ort, an dem Sie sein sollten?«, fragte er immer noch missmutig.

Sie nickte. »Doch, es gibt einen Ort, an dem ich sein sollte.« Dann sah sie ihn mit einem schelmischen Lächeln an und deutete auf die Küche. »Ich sollte dort hinten sein, um aufzuräumen. Aber ich habe gesehen, wie Sie zum Fenster hereinschauten, und dachte mir, da es so kalt ist, möchten Sie vielleicht schnell eine Tasse Kaffee, bevor ich hier alles fertigmache und nach Hause aufbreche.«

Max wusste nicht, was er sagen sollte. Er war es nicht gewohnt, dass jemand nett zu ihm war. »Na dann, äh, danke«, erwiderte er schließlich.

Die Frau streckte ihm ihre Hand entgegen. »Ich heiße Casey.«

Er fühlte sich unwohl. Dieser Ort war seltsam. Aber er wollte nicht unhöflich sein. »Max«, antwortete er und schüttelte ihr rasch die Hand. Dann fiel ihm ein, dass sie ihn bereits mit seinem Namen angesprochen hatte. »Aber das wissen Sie ja bereits.«

Sein Unbehagen nahm mit jeder Sekunde zu. Er wollte nur an einem warmen Platz sitzen, sich aufwärmen und einen Kaffee trinken. Er wollte sich nicht mit einer Bedienung unterhalten. Und schon gar nicht mit einer, die ein solches Unbehagen bei ihm auslöste.

Die Frau lächelte ihn an. »Ich wette, Sie möchten nur in aller Ruhe hier sitzen und ein paar Minuten entspannen, anstatt den Abend damit zu verbringen, sich mit einer Bedienung zu unterhalten. Und ich muss hinten noch aufräumen. Also lasse ich Sie jetzt eine Weile allein.« Sie stellte die Kaffeekanne auf dem Tisch ab. »Die bleibt hier, Sie können sich gerne selbst bedienen, wenn Sie noch eine Tasse möchten.« Sie griff nach ein paar Schlittenglocken, die auf der Theke lagen, und legte sie ebenfalls auf den Tisch. »Sie sind nicht nur dekorativ, sondern auch ziemlich laut«, sagte sie. »Falls Sie irgendetwas brauchen, läuten Sie, dann komme ich zu Ihnen. Okay?«

Er antwortete mit einem Nicken und fragte sich insgeheim, wie sie seine Gedanken erahnt haben konnte. Dann trank er einen Schluck von seinem Kaffee und nickte erneut, aber sie war bereits unterwegs zur Küche.

Max schüttelte leicht den Kopf und versuchte das seltsame Gefühl loszuwerden. Er nahm noch einen Schluck aus seiner Tasse und sah sich um. Das Café war leer. Die einzige Bewegung stammte von den blinkenden Lichtern an dem Weihnachtsbaum. Seine Zeitung lag auf dem Tisch, wo er sie beim Hinsetzen fallen gelassen hatte. Nun griff er danach.

»Brumm, brumm«, sagte eine junge Stimme. »Quietsch. Setzen Sie zurück und laden Sie hier ab, Sir. Sie haben freie Bahn.«

Max blickte nach hinten. Er saß in der dritten Sitznische, mit dem Rücken zur Tür. Bei seiner Ankunft war niemand in dem Café gewesen. Und als er sich einen Moment zuvor umgesehen hatte, war da auch niemand gewesen. Aber als er sich nun umdrehte, sah er an einem Tisch hinter sich einen kleinen Jungen mit einem Kipplastwagen aus Holz spielen. Er hatte blaue Türen, gelbe Seiten und Räder, die leuchtend rot angemalt waren. Max' Nackenhaare stellten sich etwas auf, als er das Kind erblickte. Er sah sich rasch um, aber niemand sonst war da. Nur der Junge.

»Alles klar mit Ihrer Lieferung, Sir. Das macht bitte 35 Cent«, sagte der Junge und schob den Laster auf dem Tisch entlang. »In Ordnung, Sie können losfahren«, fuhr er fort.

Als er den Laster bis zum Ende des Tisches geschoben hatte, blickte der Junge auf und sah Max geradewegs an. »Hallo.«

Max sah sich noch einmal um, aber nach wie vor war sonst niemand da. Der kleine Junge hatte ihn angesprochen.

Der Junge drehte den kleinen Laster um. »Das ist mein Laster. Sehen Sie, ich habe meinen Namen draufgeschrieben.« Er deutete auf große Blockbuchstaben, die ein violetter Stift hinterlassen hatte. SAM. Sam. So heiße ich.«

Sam sah zu Max auf. »Wie heißen Sie?«

Max betrachtete ihn und den Laster.

»Sie wissen schon, wie sagen die Leute zu Ihnen?«, fragte Sam.

»Ich heiße Max«, antwortete Max zögernd. »Wo sind deine Eltern?«, fragte er.

»Ich bin fünf«, antwortete Sam, ohne Max' Frage zu beantworten. »Das ist ein ziemlich tolles Alter. Mein Geburtstag ist gleich nach Weihnachten. Das ist dann Nummer sechs.«

Sam hielt seinen Laster in die Höhe. »Das ist eins

meiner Geschenke. Meine Mutter und mein Vater haben es mir schon vorher gegeben, damit ich etwas habe, worüber ich mich freuen kann, bis ich sie wiedersehe.« Er sah Max an. »Wie alt sind Sie?«

»Ich bin … ich bin 71.«

Sam stand mit offenem Mund da. »Wow, das ist *wirklich* alt.«

Max nickte. »Ja, das stimmt.«

Max' Nacken und Rücken schmerzten, da er so verdreht dasaß, während er mit Sam sprach.

»Möchten Sie meinen Laster sehen?«, fragte Sam. »Warten Sie, ich bringe ihn rüber.« Er verließ seinen Platz, ging zu Max und rutschte auf den Sitz ihm gegenüber. »Es ist ein Kipplastwagen«, erklärte Sam und stellte den Laster auf den Tisch.

Max sah ihn an. »Was machst du eigentlich hier, Junge? Es ist Weihnachten. Wo sind deine Eltern?«

»Sie warten darauf, dass ich zurückkomme«, antwortete Sam sachlich. Er nahm den Laster in die Hand. »Haben Sie auch einen Lastwagen? Wir könnten zusammen damit spielen.«

Max schüttelte den Kopf. »Ich hatte noch nie einen Laster.«

Sam riss die Augen weit auf. »Wirklich? Wieso nicht?«

Max machte eine Pause. Seine Gedanken sprangen zu einem kleinen, kargen Zimmer, in dem dicht an dicht sieben Kinderbetten aus Metall standen.

Der Raum war dunkel, von der Decke hing nur eine kleine Lampe herab. Es waren über 60 Jahre vergangen, seit Max zuletzt in diesem Zimmer gewesen war, aber im Geiste konnte er immer noch jedes Detail vor sich sehen. Die einzigen Wechselklamotten, die am Ende jedes Bettes auf einem Metallkleiderbügel hingen. Die abgetragenen Schuhe darunter. Die grauen Betttücher, die so dünn waren, dass sie bei winterlicher Kälte nicht wärmten. Es gab kein Spielzeug. Keine Farben. Nur Einsamkeit und Elend.

»Ich hatte einfach keine«, antwortete Max verdrossen. »Ich hatte als Kind nicht viel.«

Sam nickte. »Dann ist es wohl gut, dass Sie jetzt erwachsen sind. Nun können Sie alles haben, was Sie wollen.« Er grinste. »Wissen Sie, was meine Freundin Nana mir einmal erzählt hat?«

Max schüttelte den Kopf.

»Nana ist meine Nachbarin. Sie nimmt mich immer mit in den Park. Sie ist wirklich alt, so wie Sie.

Einmal bin ich vom Klettergerüst gefallen, und das hat *sehr* wehgetan. Ich habe ihr gesagt, dass ich nie mehr dort hinaufklettern werde. Nach dem Sturz, *auf keinen Fall*!«

Sam begann, sein Auto auf dem Tisch entlangzuschieben, und machte dabei brummende Geräusche.

»Was hat sie zu dir gesagt?«, fragte Max.

Sam hielt den Laster an und sah zu Max. »Sie hat gesagt, wenn ich meine Zukunft von meiner Vergangenheit bestimmen lasse, sollte ich mir dafür lieber einen besseren Teil meiner Vergangenheit aussuchen.« Er grinste, hielt seine Hände nach oben und zuckte mit den Achseln. »Ich hatte keine Ahnung, was das bedeuten sollte. Also erklärte sie mir, dass ich mich einfach an einen Tag erinnern sollte, an dem ich auf dem Klettergerüst herumgeturnt bin, ohne herunterzufallen, anstatt an das eine Mal, als ich hinuntergepurzelt bin.«

Max nickte, und die Erinnerung an den kleinen Raum kehrte wieder zurück. »Und was machst du, wenn es in deiner Vergangenheit keinen besseren Teil gibt?«

»Machen Sie Witze?«, erwiderte Sam. »Ich bin tausend Mal auf dem Klettergerüst gewesen, ohne hinunterzufallen. Außerdem meinte Nana, selbst wenn ich nie raufgeklettert wäre, könnte ich etwas finden, wofür ich dankbar sein kann. Zum Beispiel dafür, dass ich zum Gerüst hingehen kann. Und sie hat recht, denn eins der Kinder im Park hat nur ein Bein. Für diesen Jungen ist es wirklich schwierig, so etwas zu machen.«

Max schwieg einen Moment lang. »Nana scheint sehr nett zu sein.«

Sam nickte. »Ja, sie ist wirklich toll.« Er schnappte sich erneut seinen Laster und gab weitere Brummgeräusche von sich, während er ihn am Rand des Tisches entlangschob.

»Wissen Sie, was Nana mir noch erzählt hat?«, fragte er.

Max seufzte. Sein Wunsch, in Ruhe eine Tasse Kaffee zu trinken, würde sich definitiv nicht erfüllen.

»Wissen Sie, was Nana mir noch erzählt hat?«, bohrte Sam nach.

»Was denn?«

»Sie hat gesagt, dass jeder etwas zu verschenken hat. Manchmal sind es Dinge. Aber manchmal ist ein Lächeln oder ein Kompilment noch besser.«

»Ein Kompilment?«

»Ja, wenn man jemandem etwas Nettes sagt. Nana meint, man kann das Leben eines Menschen mit einem Kompilment verändern.«

»Du meinst ein Kompliment.«

Sam nickte. »Äh, ja. Hab ich doch gesagt, ein Kompilment.«

Max sah ihn an. »Ich hätte lieber einen Laster.«

»Ich auch«, antwortete Sam. »Aber ich denke, wenn man keinen zum Verschenken hat, kann man immer noch ein Kompilment machen.«

Sam ließ seinen Blick durch das Café schweifen und sah dann wieder zu Max. »Bleiben Sie an Weihnachten hier?«

Max schüttelte den Kopf. »Nein.«

»Verbringen Sie Weihnachten mit Ihrer Familie?«

»Ich habe keine Familie.«

»Von wem bekommen Sie dann Geschenke?«

Aus irgendeinem Grund verärgerte die Frage Max. Seine Stimme klang wütend, als er antwortete.

»Ich bekomme von *niemandem* Geschenke. Niemand hat mir *je* etwas geschenkt. In 71 Jahren nicht. Deshalb kannst du froh sein, dass du Geschenke erhältst. Hör mal, Junge, ich bin nur hier, um meinen Kaffee zu trinken und meine Zeitung zu lesen. Anschließend werde ich nach Hause gehen. Ich habe keine Familie, ich habe keine Geschenke, und Weihnachten ist mir egal. Für mich ist es nichts als ein weiterer Tag der Woche, alles klar?«

Sam schwieg, seine Augen wurden feucht, und einen Moment später blickte er zu Max auf. »Sie haben noch *nie* etwas geschenkt bekommen?«, fragte er.

Angestrengt seufzte Max tief. »Hör mal, Junge. Es tut mir leid. Ich wollte dich nicht anblaffen. Deine Eltern machen sich bestimmt Sorgen um dich. Bleib kurz sitzen, ich frage die Frau, die hier arbeitet, ob sie dir helfen kann.«

Als Max zum Rand der Sitzbank rutschte, veränderte sich Sams Verhalten plötzlich. Ein seltsamer Ausdruck huschte über sein Gesicht. »Ich muss jetzt gehen. Es ist an der Zeit für mich zu gehen«, sagte er leise.

»Genau. Das habe ich eben gemeint«, antwortete Max. Er stand auf und wandte sich der Küche zu. Dabei blieben die Schlittenglocken, die Casey auf den Tisch gelegt hatte, an seinem Ärmel hängen und fielen mit einem lauten Klimpern zu Boden. Als er sich hinunterbeugte, um sie aufzuheben, hörte er, wie sich die Küchentür öffnete, und als er aufblickte, sah er Casey auf sich zukommen.

»Ist alles in Ordnung?«, fragte sie.

»Ich brauche Ihre Hilfe. Dieses Kind muss nach Hause, aber ich weiß nicht, wie ich seine Eltern erreichen kann.«

Casey sah ihn fragend an. »Welches Kind?«

Max sah sie ungeduldig an und drehte sich zur Sitznische um. »Na, *dieses* Kind hier …«

Die Sitznische war leer. Max sah unter dem Tisch nach. Dann schaute er in den angrenzenden Nischen nach. Anschließend suchte er jede einzelne ab und sogar in die Toilettenräume warf er einen Blick. Aber da war niemand.

»Sein Name ist Sam«, erklärte er, als er zu Casey zurückkam. »Ein kleiner Junge, er hat mir gesagt, dass er fünf Jahre alt ist.« Max schaute sich noch einmal um. »Gerade war er noch hier.«

Casey sah zur Zeitung von Max hinunter, die immer noch ungelesen auf dem Tisch lag.

Max folgte ihrem Blick. »Was ist?«, fragte er.

Casey deutete mit dem Kopf zur Zeitung.

Max nahm sie in die Hand, faltete sie auf und betrachtete die Titelseite, auf der das Bild eines kleinen Jungen zu sehen war. Die Bildunterschrift lautete: *Sam Candler, 5 Jahre alt.*

»Das ist er«, rief Max und sah Casey an. »Das ist der Junge.« Rasch überflog er die Geschichte.

*Der Zustand des fünfjährigen Sam Candler, der bei dem Versuch, seine betagte Nachbarin zu retten, ins Eis eingebrochen war, hat sich verschlechtert. Der Junge konnte zwar aus dem eisigen Wasser geborgen werden, liegt aber seitdem im Koma. Sein Zustand ist kritisch. Aufgrund seiner schweren Unterkühlung befürchten die Ärzte, dass er die Nacht möglicherweise nicht überleben wird. Menschen in der ganzen Stadt verfolgen sein Schicksal, bringen der Familie gegenüber ihre Anteilnahme und Unterstützung zum Ausdruck und schließen sie in ihre Gebete mit ein.*

Max war bestürzt. »Wie ist das möglich? Er war gerade noch hier. Er hatte einen Laster dabei. Es war ein vorzeitiges Weihnachtsgeschenk seiner Eltern, damit er sich über etwas freuen könne, bis er …«, Max hielt inne.

»Bis er was?«, fragte Casey leise.

»Bis er sie wiedersehen würde«, antwortete Max langsam. Er griff nach dem Tisch und hielt sich daran fest. Ihm war schwindlig.

»Ist alles in Ordnung mit Ihnen, Max?«

Er schüttelte den Kopf. »Er hat noch etwas gesagt. Ich wollte Sie gerade holen, als er plötzlich wie verwandelt war. Sein Gesichtsausdruck hat sich verändert, und er hat gesagt, dass er nun gehen müsse. Dass es … dass es für ihn an der Zeit sei zu gehen.«

Max spürte einen immer stärker werdenden Schmerz in seinem Inneren. Er begann in seiner Brust und breitete sich so schnell und so tief aus, als wolle er ihn zerreißen. Er klammerte sich noch fester an den Tisch, und seine Augen füllten sich mit Tränen. »Er ist noch so ein kleiner Junge«, sagte er leise. »Er ist noch so *klein*!«

Casey legte ihre Hand auf Max' Schulter und schwieg eine ganze Weile. »Das tut mir leid«, sagte sie schließlich.

Max wandte sich ruckartig von ihr ab. Seine Bewegungen waren fahrig. Er griff in seine Hosentasche, nahm rasch etwas Geld heraus und legte es auf den Tisch. Dann ging er zur Tür.

Auf halbem Weg dorthin vernahm er Caseys Stimme.

»Gehört das hier Ihnen, Max?«

Er drehte sich um. Sie hielt etwas in der Hand. Es war ein kleines Geschenk, eingewickelt in rotgoldenes Weihnachtspapier.

»Nein«, sagte er ungehalten und wandte sich wieder der Tür zu.

»Ihr Name steht darauf.«

Max blieb stehen. Er drehte sich langsam um und richtete seinen Blick auf das Geschenk. Dann ging er zu Casey und nahm es aus ihrer ausgestreckten Hand entgegen. Tatsächlich stand sein Name auf einem schmalen Etikett, das oben auf das Geschenk geklebt war. Langsam entfernte er das Geschenkpapier. Ein kleiner Kipplastwagen aus Holz kam zum Vorschein. Er hatte blaue Türen, gelbe Seiten und Räder, die leuchtend rot angemalt waren. Max drehte den Laster um. Auf der Unterseite war der Name SAM mit einem violetten Farbstift übermalt worden. Daneben stand mit demselben violetten Stift in kleinen Druckbuchstaben: »MAX«.

»Ich nehme an, er wollte, dass er Ihnen gehört«, sagte Casey leise. »Es ist ein Weihnachtsgeschenk.«

Max schloss die Augen und drückte seine Finger fest um den Laster. Seine Schultern sanken nach vorne. Er rührte sich nicht. Er bekam keine Luft.

Plötzlich hörte man es draußen von allen Seiten hupen. Die Kirchenglocken begannen zu läuten, Menschen jubelten auf der Straße vor dem Café. »Kommen Sie«, sagte Casey zu Max und ging zur Eingangstür.

»Was ist los?«, fragte sie eine junge Frau auf dem Bürgersteig.

»Es geht um den kleinen Jungen«, antwortete die Frau. »Den aus der Zeitung, der ins Eis eingebrochen ist. Er ist vor ein paar Minuten aus dem Koma erwacht. Sie haben es gerade im Radio gemeldet. Die Ärzte sagen, es sei ein Wunder. Ein absolutes Weihnachtswunder. Er ist aufgewacht, als wäre nichts passiert. Er hat den Ärzten erzählt, dass er noch etwas zu erledigen hatte und deshalb nicht früher aufwachen konnte. Die Ärzte können es sich nicht erklären. Es ist ein Wunder.«

Max stand nun neben Casey. Er hatte gehört, was die Frau gesagt hatte. »Ein Wunder«, murmelte er.

Casey sah ihn lächelnd an. »Ein Wunder«, sagte sie.

Max umklammerte den kleinen hölzernen Laster in seiner Hand. Er wusste nicht, was er tun sollte. Er war von einem Gefühl erfüllt, das er noch nie zuvor empfunden hatte.

»Darf ich Sie um einen Gefallen bitten, Max?«, fragte Casey sanft.

Max sah sie an.

»Das Café ist morgen geschlossen, weil ein paar Freunde von mir und ich hier eine Weihnachtsfeier veranstalten. Würden Sie als mein Gast dazukommen?«

Max zögerte. Er wollte gerne dabei sein, aber es fiel ihm schwer zuzusagen. »Ich fühle mich in der Gesellschaft von Fremden eigentlich nicht so wohl«, antwortete er schließlich.

Casey lächelte. »Sie werden diese Leute mögen. Das verspreche ich Ihnen. Der Mann, dem dieses Café gehört, kommt mit seiner kleinen Tochter. Und noch ein paar andere Freunde.«

Max zögerte erneut. »Okay«, sagte er schließlich. »Okay, ich werde kommen.«

Casey strahlte. »Morgen Abend um fünf Uhr.«

Max nickte. Er drehte sich um und begann sich zu entfernen, dann kam er zurück. »Wie heißt dieser Ort eigentlich?«, fragte er und deutete mit dem Kopf zum Café.

»Es nennt sich ›Das Café am Rande der Welt‹.«

Max sah Casey überrascht an, zuckte mit den Achseln und begann sich abzuwenden.

»Ach, Max?«

Er drehte sich um.

»Fröhliche Weihnachten.«

Max betrachtete kurz den Laster in seinen Händen, dann blickte er zum Café und schließlich zu Casey.

»Fröhliche Weihnachten.«

© Heike Bogenberger

*John Strelecky* lebt in Florida. Er war 20 Jahre in der Wirtschaft tätig und begab sich dann zusammen mit seiner Frau Xin auf Weltreise. Ihr längster Trip führte sie in neun Monaten über eine Entfernung von 112 000 km, wobei sie u. a. mit Pferden, Elefanten, Schiffen und dem Fahrrad unterwegs waren. Die Erfahrungen aus dieser Zeit ließ John Strelecky in sein Buch einfließen. Es wurde in 34 Sprachen übersetzt, weitere Bestseller folgten.

John Strelecky zählt zu den hundert einflussreichsten Vordenkern auf den Gebieten der Persönlichkeitsentwicklung und Menschenführung. Auch in Deutschland, Schweiz und Österreich werden Seminare nach seiner Philosophie veranstaltet.
www.johnstrelecky.de
www.bigfiveforlife-seminar.com
Folgen Sie John Strelecky auf:
@johnstrelecky